包利民◎著

再见，野孩子

北方联合出版传媒(集团)股份有限公司

万卷出版有限责任公司

ⓒ 包利民 2024

图书在版编目（CIP）数据

再见，野孩子 / 包利民著. — 沈阳：万卷出版有
限责任公司，2024.5（2024.8重印）
ISBN 978-7-5470-6491-7

Ⅰ.①再… Ⅱ.①包… Ⅲ.①散文集－中国－当代
Ⅳ.①I267

中国国家版本馆CIP数据核字（2024）第071974号

出 品 人：王维良
出版发行：北方联合出版传媒（集团）股份有限公司
　　　　　万卷出版有限责任公司
　　　　　（地址：沈阳市和平区十一纬路29号　邮编：110003）
印 刷 者：辽宁新华印务有限公司
经 销 者：全国新华书店
幅面尺寸：145mm×210mm
字　　数：200千字
印　　张：7.5
出版时间：2024年5月第1版
印刷时间：2024年8月第2次印刷
责任编辑：姜佶睿
责任校对：张　莹
封面设计：仙　境
版式设计：徐春迎
ISBN 978-7-5470-6491-7
定　　价：38.00元
联系电话：024-23284090
传　　真：024-23284448

目录

第二辑 倚杖柴门外

第三辑　只为给你写封信

第四辑　牵着月光行走

第五辑　沉默在时光深处的少年

第一辑
一杯朝阳

夏天的清晨真是美好，朝阳从东边一路跑来，不但拥抱了我，还跑进了我的心里，于是感觉心也盈盈的，如那个曾经盛满阳光的杯子。

枕　上

　　如果枕头有灵，它一定是最知你的。它知道你孤枕时的独眠
噩梦，知道你共枕时的甜蜜幸福，知道你失眠时的愁绪茫茫，知
道你寒夜里的辗转反侧。它收藏着你悠长的叹息，收藏着你悄然
的泪水。它默默无语，在每一个你不曾在意的时刻，记录着你的
一切。

　　"枕上片时春梦中，行尽江南数千里。"有多少思念随月光挥洒
的夜晚，一枕清思，所思在远道，于是魂梦千里，追逐着那个飘
摇的身影。或者"堆来枕上愁何状，江海翻波浪"，纷繁万事都到
心头，于是卧后清宵都成为沉重的困囿。在那样的夜里，枕头记
取着你的思念与惆怅。

　　枕头也是梦的故乡，或者梦的入口，当南柯梦醒黄粱梦散，
又有几人悟得"世事一场大梦，人生几度秋凉"？只是悟了又能怎
样？在这烟火尘世里，有着起伏的生活，才是一种精彩。顺遂一
生或者潦倒终老的人，没有回味也没有流连，他们的枕头，也会

日复一日沉重得像无眠的夜。

欢欣的时候也很多。读《红楼梦》，每到"憨湘云醉眠芍药裀"的情节，便觉得美极了。她醉了酒，卧在石凳子上，落花满身，蜂蝶围绕，很动人的场景。而且她用鲛帕包了一包芍药花瓣当枕头，枕着这样的枕头，定然是香梦沉酣了。于是想起儿童少年时，夏天里，在野地里跑累了，困了，便随意一躺，枕着大地，枕着青草，枕着芬芳，盖着清风，盖着阳光，盖着蓝天，悠然而眠。做过的梦早已忘记，可醒来后的那种怡然却久久不散。

那时家在乡下，枕头都是自制的，极为寻常。最开始的时候，每到秋天，我们便去野地里，采摘一种叫杨铁叶子的植物的籽，红褐色，采回许多，用来填充枕头。于是很多的梦里，都是大地、草原和阳光。后来，便用稻壳或者荞麦皮填充枕头，梦里便多了秋天的清香和丰收的气息。

多年以后，在他乡回望，曾经最朴素的枕头，也生长着我最美好的眷恋。那些枕过的枕头，还不曾沾染世事的沧桑，不曾浸透失落的迷茫，也不曾装满沉沉的思念，它们拥有我最无忧的夜、最纯净的梦和最天真的幻想。

有一个女孩，远离家乡在外地上学，自己带了一个枕头。她喜欢那个枕头，她说枕着它可以安眠如在家。原来，她的枕头里藏着母亲的一缕头发，每夜，她都能感觉到那种柔软，就像在母亲的怀里，就像在母亲的牵挂里。她说那是最美的枕头，我想，其实爱才是最美的枕头，可以温暖许多异乡的梦境。

我觉得以书为枕，也是最动人的事。枕一卷书，与太多太多的情节相遇。少年时家搬进了县城，在晴好温暖的日子里，我总是拿上一本厚厚的书，去萧红故居。在后花园的树荫下，伴着阳光和长风，静静地看，墙外的红尘喧扰，便远如隔世。有时倦了，便躺在那儿，书垫在头下，看着枝叶间摇曳着的丝丝点点的蓝天，呼兰河已改道，听不见萧红小时候常听见的涛声，却在梦里仿佛追溯了很遥远的岁月。我多喜欢那样的梦啊，书香氤染，花草流年在身畔静静地流淌。

那些于枕上发生的、生长的，那些在枕畔流逝的、怀念的，无论悲欢，还是聚散，都曾是我们寄情的种种。不必无忧，亦不必忘形，只要我们记得，就像枕头记得我们的一切，那么，岁月总会于沧桑中，为我们献上一种不期然的感动。

愿你是那个美好的意外

多年前我在城市的边缘开了个作文培训班，一个周末午后，我给学生上课，直到快下课的时候，有个女生才来。她一脸兴奋，我问她为什么迟到，她却说："老师，这是个意外，本来我出来得挺早，可路过河边的时候，我看到河水全化开了，岸边的树上也开了许多花，我就在那儿看，就忘了时间了！"

孩子们都笑，她也笑。我说："这节课错过了也没关系，你回去把在河边看到的写下来，就当你完成作业了。"后来我看到她的那篇作文，她在结尾写道："虽然为此耽误了一节课，可我还是喜欢这个美丽的意外，让我看到了春天。"我给她的批语："愿你永远是那个美好的意外，去看不一样的风景！"

因为我也曾有过类似的经历，在村外的大甸子上看草长莺飞，便忘了上学。虽然耽误了一些课，可我从没后悔过。我觉得，能尽情地在大地上亲近自然，相伴春天，比课本更重要。因为是意外，所以就不是常态，是可遇不可求，那么，遇见了就是难得的，遇见了就要珍惜。

《昆虫记》里提到一种松毛虫，它们一个跟着一个爬行，当它们爬上圆形花坛，便首尾相连不停地转圈，一连好几个小时都是如此。后来其中某一只突然掉落，队形才打乱，它们纷纷爬了下来。有时候我会觉得自己也是那样一只松毛虫，天天随波逐流，在光阴里画着圈。如果有一个意外，那么就会是另一个世界、另一种风景了。

我经常对女儿们说，不做第一做唯一。可是唯一并不一定是通过努力能做到的，更需要智慧和意外。意外有时就是一个机会，所以当那种意外来临的时候，智慧就决定了是遗憾还是美好。

有个高中生给我讲，他初中的时候很不听话，学习也不行，还迷上了玄幻小说，有一次偷偷带去班级看，被老师发现了，书也被没收了。中午在家吃完饭，他拿着一个苹果回到学校，忽然想起老师每天这时候都会伏在办公桌上小睡一会儿，觉得这是个好机会，可以把书悄悄拿回来。当他悄悄靠近老师办公桌的时候，老师却突然醒了，坐起身来。他惊慌之下，把那个苹果递过去，他永远记得老师惊喜而感动的笑容。

那以后，虽然他没有像故事中说的那样有很大的改变，虽然他的成绩还是很平常，可他的心底却住进了一丝温暖。他说："我真喜欢那个意外，原来老师并不真正讨厌我！"高考结束后，有一次他偶遇初中时的老师，老师对他说："那天中午我已经发现你在门口转悠半天了，早就知道你想干啥，我装睡，在你进来后坐起来，就想看看你会是啥反应，你反应倒是挺快的。不过，虽然你是急中生智，我的惊喜和感动却是真的。谢谢你，给了我一个美好的意外！"

他心底涌起新的感动，和老师互加了微信后就道别了。回去后，老师给他发了一条消息："聪明的孩子，只要你的心里住进了温暖，所有的意外都会成为美好！而你，就是我生命中最美好的意外！"

我听他转述老师的这句话，更能理解他心底的感动。世界本就奇妙，走错一条路，也许就会遇见别样的风景。如果你能珍惜每一次美好的意外，那么，你就会成为别人眼中美好的意外。

追赶一本书

　　我刚一进小区，就见邻居大爷风风火火地跑过来，好像在追什么人，便问："大爷，你这是撵谁呢？"他却说："撵一本书！"

　　我一愣，书啥时候还能长腿跑了？他又问我："你看见一个收破烂儿的出大门了吗？"我还真看见了，于是我和他一起去追，终于在脚步声与呼喊声中，那个蹬三轮车收破烂儿的停了下来。大爷气喘吁吁地翻找着三轮车上的一堆旧书，找出一本翻了翻，如释重负。

　　回去的路上，大爷给我讲刚才的事。他出去遛个弯儿的工夫，儿子就把家里的一些旧书、旧报纸卖了。他回来发现这本书没了，就赶紧出来追。我看了一眼那本书，是厚厚的《宋词名家名篇大全》，虽然是很多年前的版本，却也并不珍贵。他把书递给我，我翻开，每一页的空白处，都写满了字，都是完整或者零星的词句，而且字迹新旧交替，一看就是经常读经常写，并持续了很多年的。

　　大爷告诉我，这本书是他爱人生前一直看的，看了二十多年了，那些词或者句子，也都是她自己写的。前年大娘去世，大爷便也每天都看看这本书，他只看写在书上的那些字，他说虽然看不大懂，可是看着的时候，心里就会平静许多，就像从前的那些日子还在眼前。

忽然想起，多年前我也曾陪一个同学去追赶过一本书。那是他给在另一个城市上学的女友买的一本书，那时没有快递，就是把书装进一个大信封里，贴上邮票，扔进校园门口的邮筒里。他回到宿舍整理东西，忽然就脸色大变，问我："扔进邮筒的信件啥的，还能拿回来吗？"于是我就和他跑到校园门口的邮筒旁，等着邮递员来开筒取信。旁边一个卖水煎包的人告诉我们，邮递员十分钟前已经取走了信件。我们问了一下方向，就开始追，追到路口，不知往哪个方向去，和路人打听了一下附近的邮局在哪儿，然后一路追过去。

原来他写给女友的一封信没夹在书里，我告诉他把信再寄一次就行了，他说把写给父母的一封信错夹在那本书里了。直到在邮局里追到那本书，把家书取出，把情书夹进去，他才放心地笑了。现在想起来，那时的我们都傻得可爱。

我没有过追赶书的往事，却有过被书追赶的经历，想来也是很平常的事。中学时的某个夏日中午，我回家吃完饭，又预习了半个小时，然后急急地向学校走去。在校门口的时候偶然回了一下头，就看到母亲正一路小跑着过来，手里拿着一本书。这才想起，忘了把之前带回家预习的课本拿上。

阳光猛烈，母亲和那书都在跑着追赶我的身影，这个场景，也许很多人都经历过，其实是平常的一件事。可是多年以后，在我的回望里，母亲淌着汗的脸，还有伴着阳光起伏的那本书，都成为遥远的眷恋。我多想回头去追那本书，去追拿着书的年轻的母亲，可眼前那么多的路，却没有一条通往过去。

追一本书，可以追出许多动人的情节，可我们却追不上曾经与书有关的自己，还有那些因此而旖旎的时光。

谁的青春没有一扇寂寞的窗？

当年的房子小，窗前就是很窄的便道，也是小胡同的尽头。我经常坐在窗后，向外看，目光走出去不到五米，就是前面人家的后墙，墙上是一扇也不是很大的窗。墙根下是丛生的杂草，虽然阳光罕至，却依然一片生机。

正读高中，每天放学回来，写了作业，我就坐在外面的窗下，膝上放一个本子或者一本书。夕阳从旁边小胡同尽头的短墙上跃过来，把我的影子拉得很长。随着阳光一起翻墙而来的，还有墙后那片菜园里果蔬的气息。看着书，就会忽然发起呆来，不知神飞到哪里。或者是随意写下一首诗，满纸的少年不识愁滋味。

我的青春是寂寞的，那种寂寞不知来自哪里，很可能是和性格有关。更多的时候，我宁可自己在窗下静静地坐着，也不愿意和别人一起出去玩。一直喜欢看书，而且当时和许多少年一样，喜欢上了写诗，席慕蓉和汪国真的诗我四处找来看，抄在本子上，有的背下来。然后就模仿着写，写得自己仿佛也多愁善感起来。

坐在窗下，那几丛青草就成了我眼中唯一的亮色，小胡同尽头的短墙下，是一个沙土堆。土堆、青草，我竟久看不厌，直到把它们看成我心里的高山和森林。黄昏很静，这个小胡同很长，所以街上的车声遥远得听不分明。打开的日记本，斜阳憩息在上面，伴着我许多的心事。时常会有一只蜻蜓从墙那边的菜园里飞过来，在我的眼前盘旋着，透明的翅上驮满了浅红的阳光。便会想起小虎队的那首《红蜻蜓》，就是那样，少年的我，好多梦正在飞。

不经意间对面那扇窗里的生活也会走进我的眼睛。那扇窗里住进了一户人家。三口之家，有一个上小学的女孩，每天都很热闹。每天我独坐在窗下的时候，会听到那个小女孩在练习电子琴，琴声稚嫩，却有着清澈的感染力，像不远处呼兰河的涛声。在这样的琴声里，我渐渐不再为想象出来的各种情节而伤感，生命的雨季正在渐行渐远。

我经常会站起来，在窗台上压腿，或者在窄窄的便道上练习前手翻，或者在沙土堆那儿跳上跳下。虽然依然是我自己，却生动了许多。就像寂静的黄昏过后，群星亮起，蛙声响起。

在那个很小的房子里住了不到三年的时间，那扇小小的窗，却陪伴了我青春里最迷茫的岁月。多年以后，总是回想那扇窗下的黄昏，回想那个孤独的少年，回想曾经在窗前盛开的心事。也许，每个人的青春里都会有那样的一扇窗，那样的一种心境，流年沧桑之后，透过那个窗口，依然能看见最纯净的自己。

原谅我这一生不羁放纵爱自由

　　还是在高中时的某一年，六月最后一天的午后，逃学，本想像往常一样去游戏厅。途中忽然被一家新开业的录像厅吸引，便鬼使神差地走了进去。二十岁前只进过三次录像厅，这是最后一次。

　　那么多年过去，看的什么电影早已忘了，却依然清晰地记得，影片里短暂地出现了一个乐队，四个年轻人，唱着一首很好听的粤语歌。虽然歌词听得一知半解，可是那优美的旋律却在耳边流连不去。一直不知是什么乐队，也不知是什么歌名，总是在某个沉默的时刻，歌声便从寂寞里生长出来："春风化雨暖透我的心，一生眷顾无言地送赠。是你多么温馨的目光……"

　　去大学报到的那个晚上，还很陌生的一个室友，偷偷地把一幅宣传画贴在上铺床板的下面。我弯腰抬头去看，记忆里电影中那四个人的身影，此刻清晰地冲我微笑着。左上方很大的英文——Beyond，遥远的歌声也从画面里渗透出来，半蹲在那里，我竟然呆了。

室友见我如此忘情，便精神大振，逐一指点着给我讲："这是主唱黄家驹，这是吉他手黄贯中，这是贝斯手黄家强，这是鼓手叶世荣……"然后，他神色一黯，说黄家驹去世了。那一刻，我心里便很奇怪地痛了一下。虽然我是第一次真正知道他们，虽然他们的歌只听过那一首，可那种心痛却来得那么猛烈。

终于知道，黄家驹在日本东京去世的那一天，也正是我踏进录像厅的那一天。一个三十一岁生命的结束，却是我一种热爱的开始。这样的巧合常常让我情不自禁，仿佛冥冥中的一种安排，让我走进一种音乐的情怀。

是的，就是一种音乐的情怀。那个室友收藏了 Beyond 的所有磁带，闲暇之时我们便一起听，听得每一首歌都熟悉无比。每一首歌都诠释着不同的情怀，和当时的流行歌曲比起来，多了一种感染人心的东西。内容上也更广阔，我也再次听到了那首在录像厅里听过的歌《真的爱你》，一首写给母亲的歌，美好中带着辛酸。

学校有个处于地下室的很大的录像厅，有一段时间，每到周末开放的时候，我都会去看。不为别的，只为开演前播放的那一个小时的 Beyond 演唱会。后来互相说起来，居然很多同学都是有着同样的心思。那时的我，被自卑与孤独围绕着，总是觉得心境苍老，仿佛历遍了世事。也觉得 Beyond 的每一首歌，那种深藏的意境与情怀，我已经深有体会。

可是，毕业后的那两年，总是不想被束缚在一个地方，或许，是不想让心中的梦想破灭，便游游荡荡，尝试着每一种可能。只是，在现实的壁垒中，所有的豪情终是被碰撞得支离破碎。犹豫，彷徨，顿觉前路茫茫。

"无聊望见了犹豫，达到理想不太易，即使有信心，斗志却……"要经历过多少次挫折，要走过多少无眠的长夜，才听得懂这首《不再犹豫》？那个时候，我多希望自己可以一直是自由的，用笔书写这个世界。那是我的梦，我用两年的时间，想要找一块适合这个梦生长的土壤，失望却总是先行落地生根。而周围还羁绊着那么多不理解的目光和冷嘲热讽，不再犹豫，是不犹豫为梦想的脚步，还是不犹豫地放弃信仰？

只好屈服吧，看着梦想渐行渐远，从此走上另一条并不喜欢的路。"我已背上一身苦困后悔与唏嘘，你眼里却此刻充满泪。这个世界已不知不觉地空虚，不想你别去……"在那条路上，后悔唏嘘，而梦想还在遥远处看着我，满眼的泪。丢了热爱，世界全是空虚，我真的走过了一条灰色轨迹。

十年前的那个冬天，我夜里零点下班，披着漫天的风雪步行回家。走着走着，便觉天地苍茫却似乎要被困囿一生，就忽然哭了，在风中，在雪里。半个小时的路程，带着冰冷的泪，反反复复地低唱："原谅我这一生不羁放纵爱自由，也会怕有一天会跌倒……"

忽然明白，走到最后，哪怕山穷水尽，依然心有理想，或许才是真正的自由。这些年来，倒班，常常模糊了白天与黑夜，也模糊了白眼与冷遇，可是我却从未真正放弃过理想。那么多的日日夜夜，写下了多少字，可能只有岁月知道。"年月把拥有变作失去，疲倦的双眼带着期望……"我知道自己的光辉岁月也许永远不会到来，可是曾经在那条路上带着期望走过，便是我的无悔。

后来，当我终于离开电厂，与自由相拥时，身后却拖着多少哭过、恨过、失望过、挣扎过、痛苦过的足迹。

前几天一个失眠的深夜，翻看手机，忽然看到一个视频，Beyond 演唱会的最后一首歌《再见理想》，时隔二十多年，看着，听着，便泪流满面。

一杯朝阳

　　那个夏天，几乎每一天都会很早地醒一次。墙上的挂钟还不到五点，外面已天光大亮，阳光正呼啦啦地扑打着下半部分窗户。那时候我家还是那种古老的窗子，分成上下两部分，上半部分是活动的，就像一扇小门横了过来，开窗时拽着一个拉手，把上半部分拉到和棚平行的位置，棚上有个铁钩，挂住拉手。于是上面的阳光纷纷拥进来，无遮无挡地落在墙上，下面的阳光挤在玻璃上，更有力的那些穿过玻璃也扑向了墙面。

　　还有一些体弱的阳光挤过窗子就没了力气，跌落在窗台上的一个玻璃杯里。玻璃杯比较大，每天都固定不变地站在那儿，守着长夜，迎着日出。每晚睡前，父亲都会倒满一杯水放在窗台上，夜里坐起来喝。此时的玻璃杯里没有水，只盛满了朝阳。我的目光在里面浮沉了一会儿，便在软软的风和南园清清的果蔬芬芳里，再次蒙眬睡去。

　　每天早晨我都是被父亲惊醒的，通常是不到五点钟，有时会更早些。外面公鸡的打鸣叫不醒我，花狗的呐喊叫不醒我，从窗子溜进来的风更叫不醒我，可是父亲一起身，我就会从梦里跑出来。其实父亲起来的声音并不大，他甚至是尽量悄悄地，怕吵醒了我们。后来我好像明白了，可能是因为我惦记着窗台上的那个玻璃杯。自从第一次醒来，看到那个玻璃杯里盛满了阳光，就莫名地一直记挂着，总想在早晨看看它，于是，父亲一醒，我就跟着醒了。

再次醒来的时候，玻璃杯里的阳光已经颜色淡了许多，原来太阳已经老高。几只母鸡正蹲在窗台上，也歪着头隔窗看着玻璃杯。我不知道它们也天天看，有没有看烦，而我心里却是有些烦的。并不是说那一杯朝阳不美好，而是那种入魔一般的牵念很无奈烦心。我曾到小屋的炕上去睡，只有一扇北窗，早晨没有阳光也没有杯子，可是父亲起来的时候，我还是依然会醒。就像强迫症一般，摆脱不掉那种感受。有几次父亲去亲戚家晚上不回来，可是到了早晨那个时间，我依然准时醒来。即使父亲不在家的时候，我把那个杯子从窗台移到别处，依然是照醒不误，而且醒来后不见了那一杯阳光，反而再睡不着，只有把杯子重新放在原来的位置，才会看着看着就迷糊过去。

而且赶上阴天下雨的时候，父亲不起那么早，我也依然会醒，呆呆地看着那个空杯子，听着雨声，怎么也睡不着了。就觉得那个杯子可能是有一些什么魔力，我越是想摆脱它，就被它抓得越紧。每天上课时也总想着这件事，经常走神，后来每天都恍恍惚惚，甚至在班级或者在别人家，看到玻璃杯都会失神一阵。我觉得我是病了，可是又不能和别人说，说了，肯定都得说我精神有问题。

有一个上午，阳光大好，父母都去田里干活儿了，姐姐们也不在家，我无聊地逗着花狗玩，我问它："那个破杯子很烦人，对不对？"可是愚笨的家伙根本不回答我。忽然我就想把那个杯子摔碎，而且这个念头一出现就不可遏止，迅速在心中生长成一棵枝繁叶茂的大树。于是我问花狗："我把那个杯摔了行吗？你要是同意就摇摇尾巴！"它把尾巴摇得呼呼作响，扑打得阳光和尘埃一起飞舞。

于是我就拿着那个里面依然装满了阳光的杯子，在院子里看了一下，仓房门侧的那块石头很合适，我就用力把杯子摔在上面。随着空气中绽放出一朵脆响，杯子跌成无数碎片，里面的阳光也都四下飞溅。花狗凑过去，抽搐着鼻子嗅了几下，就无趣地走开了。我心里有些东西也似乎被打碎了，畅快了不少。中午父亲回来果然找杯子，我就说我拿着杯子在院子里喝水的时候，被花狗扑得掉在石头上摔碎了。花狗依然欢快地摇着尾巴，快乐地为我背了锅。

那个晚上入睡前很兴奋，虽然父亲又换了一个旧的茶缸放在窗台上，可再也不会引起我的注意。只是，早晨依然在那个时间醒了，茶缸是不透明的而且带盖子，无法盛装朝阳，我愣愣地看着它，心里懊恼无比，一点儿睡意都没有了。正在穿衣服的父亲看了我一眼："睡不着就起来干点儿啥！"反正也肯定睡不着了，那就起来吧。我跟着父亲，花狗跟着我，穿过村里的土路，来到自家的田地。夏天的清晨真是美好，朝阳从东边一路跑来，不但拥抱了我，还跑进了我的心里，于是感觉心也盈盈的，如那个曾经盛满阳光的杯子。

从那以后，早晨那个时候醒了，我就毫不犹豫地起来。渐渐那个杯子带来的魔力从我心里消失了，再也不会影响我。只是，有时候很怀念那个杯子，想起它站在窗台上装满朝阳的样子。

药　香

　　记忆中总有那样一个遥远的黄昏，我三岁，或者四岁，靠在矮矮的土墙上，草檐下坠满了夕阳。房门开着，浓郁的熬中药的气息流淌出来，融进了阳光，我深深地呼吸着，仿佛置身于一个神秘的情境之中。那时，小小的院落经常被中药的味道淹没，因为奶奶长年卧病。

　　也许就是从那时开始，特别喜欢熬药的味道。许多人很不理解，觉得熬中药的味道苦涩得浓烈，避之不及，而我却是那样陶醉，就像一缕风遇见一朵花。后来和一个朋友闲聊，偶然提起，她竟然也特别喜欢熬中药的味道。她对中药很了解，从她的话里，我似乎能感受到，在悠悠的药香中，她就像在与各种神奇的植物相伴，思绪和大自然交融。

　　而我以前是不懂中草药的，最初对于药香的流连，是一种直觉，就仿佛是在荒芜中走得久了，忽然遇见一片草地，一泓静水，一树繁花。就像是一种很偶然的邂逅，然后就爱上了，与其余的无关。这似乎是一种前缘，只为这场遇见。

后来，便不再是那种单纯喜欢，而是融进了情感。也许每个人都会于某种气味中感受到一种情感，能唤醒某些难忘的东西。在成长的岁月中，家人偶染小恙，熬药，只是，这些还不能于某处偶遇药香时，使我想起亲情。人到中年以后，父亲病重，我们对他隐瞒了病情。大姐寄来很多草药，要自己熬。那些日子，屋里经常是药香弥漫，很复杂的感受，虽然在美好的气味里，心却充满着沉沉的忧虑。

一个多月的时间，父亲便匆匆地去了。而从此，药香之中便融进了太多的回忆与怀念。有时候走在路上，忽然从某个院子里传来熬药的味道，便会驻足怅然良久。我知道，在以后所有的日子里，遇见药香，再也无复从前的那种单纯的陶醉。从此这种特殊气味中，便蕴含了特殊的情感，更是成为我生命中不可割舍的一部分。

我吃中药也并不像别人那么痛苦，虽然中药有时候是真的很苦，可我却很留恋那种苦。中药丸，我会嚼得津津有味，别人眼中更难喝的汤药，我喝过之后，竟会于品咂之间，尝到一种不一样的余味，仿佛苦尽甘来。只是，即使如此，我也依然有吃不进去药的时候。

高考那年的四月，我一夜之间患了偏头痛，走了很多大小医院，中医针灸、西医吊瓶，尝试了无数种治疗方法，却收效甚微。距离高考还有一个月的时候，有人介绍了一个老中医，他给开了十服汤药，抓了药回家，母亲每天便给我熬药。喝了一个多月的时间，最终将我心中的那种美好淹没，于是苦涩便无边无际地漫涌上来。甚至曾经钟情的药味，也成了让我避之唯恐不及的存在。这还是第一次对药味有了不好的感受，也许是服用时间太长久，也许是因为心中的焦虑苦闷。

只是，多年以后，回望那一段经历，药香便穿透重重的岁月，依然在我心底飞舞成一种眷恋，仿佛有着母亲爱的气息和年少光阴的回味。时光把曾经的苦涩、病痛、无奈都化作了美好，隔着久远的时空，落入我回望的眼里。也许草药也如此，它们曾经生长在大地上，经过天地灵气的洗礼，有了神奇的力量。熬药的过程，就是淘汰渣滓、留下精华的过程，虽然苦涩，却终会成为身体的一部分。就像生活中那些黯淡挫折的经历，虽然难挨，却终会成为生命中最有营养的一部分。

所以，每次遇见药香，我真的总会情不自禁。

母爱的河流

或许每一个女孩都有过当母亲的梦想，她也是这样。很小的时候，她在母亲温暖的怀里，在柔软的手里，在轻轻的摇篮曲里，就感受到做一个母亲是多么美好的事，而做母亲的孩子又是多么快乐幸福的事。所以，小小的她总是抱着美丽的布娃娃，悠着她，给她讲故事，给她唱歌，仿佛自己是一个小小的妈妈。

她也会学着母亲的样子，用碎小的布头，细细地给布娃娃缝衣服缝裙子。在一针一线里，她觉得自己真的是一个很爱孩子的小妈妈了。当她七岁时，弟弟出生了，看着那个小不点儿，她的快乐更是流淌成村西的小河。弟弟渐渐大一些，她会小心翼翼地抱着他，每次弟弟的笑容都能淌入她的心底。弟弟更大些的时候，她就背着弟弟出去玩，弟弟在她背上扯着她的辫子。她发现，很多小女孩都带着小弟弟，像妈妈那般呵护着。

这时候，她的布娃娃已经被冷落了，每天除了上学写作业，就是带弟弟。每一个姐姐，对弟弟都有着母亲那般的情怀与爱。

多年以后，她听到一首叫《姐姐》的歌，忽然就泪流满面。此生先做姐姐再做妈妈，是多幸运幸福。

青春的年月里，她无数次地憧憬，自己会遇见怎样的一个男人，和他成家，和他生活，想象会生一个怎样的孩子，总是这样就想得痴了。每次回到家，看到母亲不再如从前那般年轻，发间有了星星点点的雪，心里就会有瞬间的疼痛，她知道自己也将会成为一个母亲，也会像母亲那般，为孩子付出所有最美的时光，在岁月的风里生了皱纹白发。可她并不恐惧，反而很期盼，多好的光阴啊，因为平凡和爱。

后来她终于结婚了，虽然不是想象中童话般的浪漫美好，却依然是她的欢喜，她知道，一种崭新的生活已经启程了。可是有启程就有告别，出嫁的那天，她看到了母亲的欣慰也看到了失落，看到了母亲的笑颜也看到了忧伤。她也是笑伴着泪，离开了母亲，走向自己的生活。

她怀孕的日子，放飞了太多的想象，而且让她微笑且神飞的，有母亲爱着自己，自己作为母亲也爱着孩子，多像一条流淌的爱之河啊。她身处其中，上游有母亲，下游有孩子，自己既是孩子也是母亲，世界上还有比这更让人欢喜的事吗？而母亲升级当了姥姥，也一定是不一样的幸福了。

可是她没有想到，那一天，自己成了母亲，却失去了母亲。母亲走得那么突然，都没来得及看看女儿所盼着的幸福。那些日子，她觉得那条爱之河断了，自己成了一个孤零零的源头。看着怀里的孩子，她的爱和泪一起奔涌。很长很长的日子，她都无法走出那种悲伤，断了的那条河，上游的水都化作了泪。幸好有孩子，否则自己的心毫无寄托之处，那会加倍难过。

当岁月把悲伤磨成心底的疤痕，她自己的女儿也长成了小小的女孩。有一天，她看到女儿抱着布娃娃，轻声地哄着，还讲着童话，刹那间仿佛时光流转。那一刻，她忽然就放下了，母亲虽然走了，可她的爱时时在心。那条河从不曾折断，从母亲的母亲，一代一代地流淌着，流到自己这里，又流向女儿清澈的心底。

每一个人都在这条河中成长，从此，她更为自己是个母亲而幸运幸福，不管能流淌多久多远，爱，却从不会断绝。

心的黄金分割

在绘画中有一种黄金分割构图法，就是把主体放在画面的某个黄金分割点上，这样，作品就会具有一种很自然的美感。黄金分割真的是宇宙间很奇妙的存在，天地本已大美，再加上黄金分割，便更多了一丝神奇之意。

以前上学的时候，学到和黄金分割有关的知识时，只是停留于比例和数字，或者一些简单的应用，并没有想到太多。乃至后来接触的东西渐多，才发现，黄金分割之美几乎是无处不在。有自然的，有人工的，体现着一种和谐和一种圆满。

便忽然想到，如果给我们的心构图的话，怎样才是最美好的呢？最重要的事是不是也要置于黄金分割点上，才会最和谐最美？

回想了一下黄金分割的概念，大概是这样：将一个整体一分为二，较大部分与整体部分的比值等于较小部分与较大部分的比值，这个比值大约为0.618。如果，在我们的心里，整体代表的是整个生活，那么，较小部分和较大部分别代表的是什么？在黄金分割点上的，无疑就是我们为之努力一生的梦想了，这个梦想的两端到底是些什么，才能让梦想在心中和生活中平衡一切？

更多的人不会考虑这些，也不会想到用黄金分割法分配一下心中的事物，把心构成一个完美的所在。包括我也是一样，有很多年，为了自己写作的梦想，真的是忽略了很多东西。写作占据了心中和生活中极大的部分，让我每一天都觉得很疲惫，而我却用充实来解释疲惫，就这样欺骗自己说服自己。工作、家庭，仿佛都不重要的存在，这样的生活，注定是枯燥的，是累的。虽然也算是一种努力一种执着，但是并不可取。或许有时候会成功，但是也会失去很多，甚至会得不偿失。

梦想可以是生活的重心，但并不是生活的全部。如果梦想把生活和心灵的空间都填满了，梦想也就失去了生长的土壤。也有另一种情况存在，就是心里有梦想，但是却梦想太多，都不想放弃；或者是梦想也有，其他东西也有，百事杂陈。这样一来，心里就会特别拥挤。有时候我们觉得很烦乱，正是因为如此。所以，一提起梦想来，就会喟叹，心不静，没有时间，做不下去，种种理由，也是缘于心的拥挤。

就像我当初那样，把写作填满了心间，最后实在是写不出来像样的东西。也很困惑，不是不够努力，不是不够执着，那么，问题出在哪里？便有那么一段时间，一气之下不写了。不写了之后，才发现生活中有很多精彩的内容：才发现春天的冰凌花是怎样在冰雪里盛开；才发现夏天的河水是怎样轻歌着流向远方；才发现秋天的群岭是怎样斑斓；才发现冬天的雪原是怎样圣洁，像一个童话。在发现每个季节的美好之后，便有提笔的冲动，那个时候写出来的，竟极为自然而优美。于是我便不再每日里只是伏案而写，而是经常出去走走看看，那些进入我眼睛又进入我心灵的，总能给我许多不期然的感动。

便忽然明白，生活永远是心中的整体，离开了生活，别说是写作不可能成功，别的事也同样如此。梦想，只是生活的一个重要内容，永远不可能代替了生活。把梦想放在心中一个恰好的位置上，让其他的内容按比例分布，才会让生活让生命有一种特别的美。任何的失重失衡，都会使我们的心，使我们的生活有不好的倾向。所以，心的黄金分割，实在是最好的安排。

当你觉得心中太拥挤，当你觉得心里太不平静，当你觉得生命很疲倦，当你觉得生活失去了色彩，就要重新规划一下心里的内容，完成一个舒服的构图，那么，你就会拥有一颗美好的心，拥有美好的生活。

老师来了

　　自习课的时候，我们都互相低声说着话，虽然声音很小，可是几十人汇聚在一起，便成了一片嘈杂而又混浊的声音的海。忽然在某个时刻，某个同学可能敏锐地觉察到了什么，便闭了嘴，然后便形成连锁反应，所有人瞬间都噤了声，风平浪静。随后，门一开，老师走了进来。

　　这个情景，也许是所有人都曾经历过的。老师，总是带着一种奇异的震慑力，人未到，就先已平息了教室里的骚乱。初中时的第一个班主任，可能是嗓子不太好，经常咳嗽，所以上自习的时候，我们就极为放心地交头接耳甚至大声说笑，因为老师来的时候必有信号。咳嗽声在走廊上一响起，我们就会于刹那间敛气收声，迅速摆出专心学习的姿态。

　　小学的时候在农村，教室门很破旧，上面不知被谁钻出了一个小孔。当时的班主任是个男老师，他每次都是悄无声息地潜过来，躲在门外，从那个小孔向屋里窥视，看哪个学生在说话。堵了几次那个小孔，都被老师抠开。后来，我们就派了一个最胆小的男生守在门边，不停地向外看，有情况就通知。有一次，那个男生从小孔往外看，却正好看到一只很大很吓人的眼睛，门里门外同时发出一声惊叫。门开了，暴怒的老师把那个男生连着罚站两节课，我们却已笑得不行。

整个学生时代，经历过太多的老师，我发现每个老师进教室时，都有着不同的状态。有个教生物的男老师，四十岁左右，矮个子，非常严肃，绝不笑。每次他走进教室，脚步都会短暂地停顿一下，于是立刻更安静了，连翻书的声音都没有了。然后他才会走上讲台，在沉静与沉闷的氛围中开始讲课。

去城里上中学后，有一次从师范学校来了几个学生进行毕业实习，分配到我们班的是一个很开朗、爱说又爱笑的女生。我们特别喜欢听她讲课，她也许比我们也没大上几岁，所以有着许多共同语言。她每次进教室，都是一脸的笑意，边走边和我们挥手问好，那样的时刻，一种青春、快乐的美好气息便感染了我们，于是都笑，心里充满了期待。

永远不会忘记的，是曾经的数学老师，他也是四十多岁的样子，极严格严厉，几乎班上每个学生都领教过他的厉害。有一年冬天，他骑着自行车在下班的路上摔伤了腿，虽然没有大碍，却也是行动困难。他坚持给我们上课，往往是离他的课还有十多分钟的时候，他就已经开始往教室这边艰难地移动。进门之后，依然是慢慢地往讲台那边走，我们想去扶他，他冷着脸拒绝。给他准备了一把椅子，可他大多时候坚持站着讲课，只有实在支持不住时，才坐一会儿。他这样的状态下，我们听课的效果反而比平时更好一些，看来，有些东西是比严厉更能让我们专心和用心的。

那时候最怕的是老师家访，班主任和家长一碰头，就会碰出很多对学生不利的情况来，所以不管是学得好的还是不好的学生，都非常抵触老师来家访。有一个同学曾给我讲过，他本来就学习不好，在班级还很不听话，在家里又对父母撒谎，所以一听老师要来他家，就吓得不轻。那个周日他一直想逃出去，却被父母看得紧紧的。坐立不安之际，听到母亲一声"老师来了"，他说，那一刻，简直悲恐交加、万念俱灰。

前些年，有一次回老家，赶上同学聚会，回忆往事，大家都讲着自己记得的那些情节，讲曾经的那些老师。正说得热闹，有人喊"老师来了"，立刻全都没了声息，恍惚间有种回到课堂上的感觉。然后我们都站起来，曾经的班主任须发皆白，一步一步地走过来，每一步都踩在我心底回忆的那根弦上。

上学的时候不理解甚至会笑，很多年来，在回望的时候，却会于浅浅的笑意中，感受到一丝温暖，生长出深深的感动。因为已经懂得，曾经每一次"老师来了"的真正原因，是老师为我们而来。

送你一个有回忆的童年

　　每次和别人说起，我的孪生女儿从小就是放养状态，特别是在学习方面，除了曾经因为爱好学了一段时间舞蹈，基本就没进过任何补习班，别人都会一脸惊讶，怎么可能？

　　我知道别人为什么惊讶和不理解，现在上学的孩子，哪一个不是每一天都处于学习之中呢？起早贪黑，或学校，或各种补习班，淹没于书山题海里，暗无天日。似乎每个孩子都在家长和老师的督促下，向着一种并不分明的目标前进着，其实或许根本没有目标，只是为了一种莫名其妙的竞争。我在想，这些孩子长大以后，回望成长的过程，还有什么可以眷恋的呢？

　　有个上了大学的孩子对我说过，看我的回忆类散文，真羡慕能有那么美好而难忘的童年，回头看他自己的成长之路，一片荒芜之中一个脚印都没有留下。这也许说出了很多孩子的感慨，可是，每个早晨，每个夜里，那些来去匆匆的孩子，依然一茬一茬"前仆后继"地埋没着童年，虚度着青春，压抑着成长。童年、青

34

春、成长，对于他们来说，只是一个时间段而已。

女儿们上小学的时候，我就对她们说："以快乐为主。"初中的时候告诉她们："学会就可以，不要求优秀。"现在高中，住校，我叮嘱："身体第一，精神第二，学习第三。"每个阶段，她们也会问我："学习怎么办？考得不好怎么办？"我很直接地说："那些都不是问题，千万不要把考试、名校、重点这些放在心上，有压力有竞争的日子在后头呢！有时候，能力比学历更重要。"

或许我说的话有些偏激，我只想让女儿们知道，童年、青春、成长，有着更美好更丰富的内容，并不是只有学习。其实，看到别的孩子每天疲惫而憔悴，我对女儿没有说出口的是："我给不了你们显赫的家世，给不了你们万贯的家财，可是，我能给你们一个快乐的童年，一段多彩的青春，一次有回忆的成长。"幸而孩子们很理解，有时候就算考得不那么理想，也不埋怨我。将来有一天，她们回望来路的时候，一定是无悔大于遗憾。

我生长在农村，而且那个年代，乡下孩子的学习根本没人去管，每天放学都很早，时不时还有农忙假，作业极少，广阔的天地，我们都玩疯了。幸好我那时对学习还比较有感觉，一年级的时候，在姐姐们的帮助下，小学的课程便基本都会了，只是那时谁也不懂得跳级的事。现在想来，幸好都不懂，如果跳级，我可能会一头扎进学习的泥淖中，再不会有那么快乐的成长年代。

虽然搬进城里以后，环境、心境的变化给我造成了很大的影响，比如自卑总是如影随形，对故乡的思念日夜侵怀，身前身后都是寂寞的陷阱。可是，这些，在多年后的回忆中，都是让我眷恋的。

成长的过程中，快乐才是真正的无悔。当然我说的快乐，并不是过度追求自由的快乐，而是成长中自然而然应该有的状态；也不是说不去学习，而是要自然而然地去学习，那种被迫的长时间的学习，除了满足家长的某种虚荣心外，对孩子究竟有什么好处呢？就像我之前说的，名校、重点等，它们到底有什么意义？我知道，会有很多人用很多理由来有力地反驳我，可我很清楚地知道一个事实，所谓的起跑线理论，收割了无数孩子的童年。我觉得，任何东西与生命中最美好的时光比起来，便都会失去意义。

所以，送给孩子一个有色彩的童年，一段有故事的青春，一次有回味的成长，才是最珍贵也最负责任的。

黑土地上笑出的泪珠

破谜儿

　　夏日的午后，妈妈坐在炕上给我缝补刚脱下的衣服，针线笸箩里的各种缠线棒和大大小小的纽扣静静地散落着，阳光和风裹挟着南菜园里果蔬的气味，从敞开的窗口拥进来。妈妈忽然抬头对我说："我给你破个谜儿！"

　　我立刻高兴起来，在当时的农村，我们这些小孩子都喜欢破谜儿。破谜儿就是猜谜语，多年以后我觉得这个词的意思，可能是打破一种疑问，而且也可以理解成打破沉闷的时光或心情。我们从很小就接触破谜儿，大人们哄孩子时，也经常说："别闹了，来，我给你破个谜儿！"

　　于是，院子里，经常会有人问小孩子："南阳诸葛亮，稳坐中军帐。摆起八卦阵，单捉飞来将。"于是小孩子们大喊："我知道，是蜘蛛！"往往这个时候，檐下的一张蛛网上，一只大黑蜘蛛正静静地伏卧着。

或者吃饭的时候，也有人会问："大脑瓜儿，小细脖儿，光吃饭，不干活儿。"第一次听到这个，我们一通乱猜，把各种东西都快说遍了。可是大人们却不告诉答案，于是我们出去见人就问："大脑瓜儿，小细脖儿……"

再或者是冬天的时候，窗外的北风无边无际地狂奔，雪花一片接一片地扑在窗户上。我们围炉而坐，姐姐们就会给我破谜儿，也不知她们都是在哪儿听来的。二姐说："四四方方一座城，城里住着十万兵。出去八万去打仗，回来只剩十一名。这是什么字？"我在那儿正想着，大姐就猜出来了："是'界'字！"

然后大姐说："出门一脚，当啷一镐，南天门挂镜子，树上落家雀儿。猜四个古代人名。"这个很难，大姐自己也不知道是啥，猜了半天，我们只确定"南天门挂镜子"是赵（照）云。后来琢磨"树上落家雀儿"就是要飞，所以可能是岳飞，因为以前人们总是把"岳"读成"要"。前两个却怎么也想不出来，正好有人来家里串门，他们告诉我们，第一个是庞涓，第二个是薛礼，还给我们讲"出门一脚"是"旁卷"，"当啷一镐"是"白刨"，薛礼穿白袍。

我当时觉得这两个很有些牵强，远不如有一次在大舅家大舅给出的那个好："刘备打马出城西，曹操拉着关公衣。周瑜三更来点将，霸王帐中别虞姬。"这是猜四种水果，在我们一群小孩子的讨论之下，全都猜了出来，分别是桃（逃）、石榴（实留）、枣（早）、梨（离）。

那时候，谁要是听到什么好的"谜儿"，便会逢人就说，于是一些古老的"谜儿"就这样在村庄里生生不息。

妈妈一边给我缝补着衣服，一边说："不大不大，浑身尽把儿；不点儿不点儿，浑身眼儿。"我就笑，这也太简单了，刚学会说话的时候就知道的。妈妈也笑，拿起衣服给我看，上面挂着几个老场子（苍耳），而她手上的顶针正和阳光灿烂地交流着。

多年以后，当我看到衣服上挂着一只不知从哪儿带来的老场子，轻轻拈着它，这个"不大不大，浑身尽把儿"的小东西，柔柔地刺醒许多遥远的岁月。

要啥像啥

我顶着风雪进门，对妈妈说："妈，我想要一个冰岔！"之前看村里的伙伴在冰上抽岔，抽得岔飞快地旋转，便羡慕不已。

母亲瞪了我一眼："我看你像冰岔！"

20世纪七八十年代的东北孩子，都曾听过这么亲切的话语吧？那时的母亲们都有着同样的态度，在她们的眼里，孩子要啥就像啥。就像那个炎热的夏天，远远地传来卖冰棍儿的声音，我正要去找邻家的孩子玩，隔着墙头，就听见他说："妈，我要吃冰棍儿！"屋里传来他妈妈很高的声音："我看你长得好像冰棍儿！"

其实，我们那时候也知道，开口朝妈妈要什么东西，肯定是得不到满足的。可我们却总是一遍遍不厌其烦地要，万一哪次妈妈答应了呢？只是，妈妈们也是不厌其烦地说着那句古老的话：

"我看你长得好像弹弓！"

"我看你像火药枪！"

"我看你好像宝剑!"

"我看你像头绫子!"

"我看你像……"

不过也并不是每一次都会被拒绝,都会被妈妈说成像什么。有一回村里学校要选拔几个毛笔字写得好的,过几天去镇上参加书法竞赛。我其实挺想参加的,可是我没有毛笔,放学后就和妈妈说:"妈,妈,我要买毛笔!"

我正在习惯性地等着妈妈说"我瞅你长得像毛笔",可是妈妈竟然没有说,而是问我买毛笔做什么,然后给了我钱。这个意外让我惊喜了很长时间,买回毛笔看了半天,终于有自己不像的东西了。

村里有个聪明的小女孩,故意和妈妈说:"妈,我要买一朵花!"她妈妈立刻习惯性地说:"我看你长得像一朵花!"她立刻眉眼带笑地跑出去,边跑边喊:"我妈说我长得像一朵花!"

我们就在像各种东西的过程中成长着。那些以前想要的东西渐渐不再引起我们的兴趣,我们像的东西也越来越新越来越多。当终于有一天,我们向妈妈要什么东西时,妈妈不再说出那句熟悉的话,我们在若有所失的同时也知道,自己已经长大了。

有记忆，无回忆

四十多岁的年龄，身畔的时光便忽快忽慢。有时候，仿佛觉得余生一眼望穿，前面一程又一程的种种，清晰可见，扑面而来；而有时候，却又觉得日长似岁，回望来路，已于喟叹中明白，半生已然过去了。

半生已然过去了，回望来路所有的日子，那些平淡过、挣扎过、彷徨过也奋斗过的光阴，一幕一幕，已如云烟尘埃。留下的痕迹，似乎也就是此刻的一种感慨，心中的一抹眷恋。

以前我很羡慕一些人，觉得他们虽然也是人到中年，却是那么悠然恬然，那么波澜不惊，想着会是怎样的一种境界，才能让生命如此平和。及至了解了，才明白，他们也曾历经了太多的苦难，或生活的，或心灵的。原来，在岁月的浪潮里，真的没有人能够全身而退。只不过是每个人的步伐不一样罢了，每个人的心境不一样罢了。

和一个朋友聊天，说起童年。我们那时候是乡下的童年，是亲近泥土的童年，我们都曾是天地间的野孩子，如天地间的野草恣意生长。下雪的冬天，在雪地里翻滚摔跤。而现在的孩子，穿得那么干净整洁，走路都怕鞋子沾上雪。当然，他们也会有偶尔在雪地上撒欢儿的时候，可那却曾是我们的常态。不知他们的偶尔，会不会在生命中留下很深的印痕。

朋友很感叹，说现在的孩子，特别是城里的孩子，童年已经被各种学习补习填充得逼仄。其实，现在的孩子并不是没有童年，只是没有回忆而已，童年在他们的记忆里，没有可以回味的情节，便也没有了往事。

我曾经在成年后做过许多次噩梦，或者考试时发现所有题都不会，或者上课时被老师提问罚站，或者上学迟到被拒之门外，那些与上学有关的，都成了梦里的惊魂。想来也是很矛盾的感受，永远离开校门之后，却是那么想重新当一回学生，而学生的生涯却成了许多夜里不请自来的噩梦。现在的孩子，长大以后，他们的梦里，或者童年在他们的记忆里，会不会有比我那些噩梦更可怕的情节？

其实，也不只是现在的孩子，所有的人，可能在生命的记忆中，都会有着某些没有足迹的片段。也就是有记忆，却没有回忆。只知道我们曾走过，却没有往事，没有回味，所以也没有眷恋，有的，可能只是慨叹、惋惜，或者疑惑，那些日子，到底是怎么过来的？那每一分每一秒都蒸发成无痕的云雾，并不是遗忘，而是虚无一般，不可追索。

我也有过，看看那些过往，除了遗忘的，就是无迹的，就像脚步在时光里跳了几下，就留下了很多空白。可我知道，我一定是走过的，那每一分每一秒都曾真实地在我身边流过去，既然走过，怎么会没有回忆？细想起来，也许那些日子那些事，太过于平淡琐碎，在岁月的长河里，连浪花都翻不起。大喜大悲，成功失意，那些有着明显波动的情节，却永难消散。

这样一想，这半生之中，有记忆却无回忆的日子，竟然占了十之八九，便出了一身冷汗。我的所有回忆，靠着那些有情节的日子支撑着，那么，我的半生呢？忽然明白，我的半生，其实就是靠着那些没有回忆的日子支撑着，而非我的那些念念不忘。如此，也许平凡平淡琐碎，才是生活的常态。虽然没有留下痕迹，可是我能走到中年，这本身就是平凡的叠印。

还有一种有记忆无回忆，却是人为的。人的一生中，总会有不堪回首、不想记起的片段，总会有不想触动的曾经，回忆的时候都绕着弯，然后用一日一日、一年一年将其覆盖。只是那些日子能不能在渐厚的尘埃中发芽，就不得而知了。也许不知道多少年以后，开出的花，在回望的目光中，反而会有着另一种美。我们不去提起，不去想起，不去碰触，表面是为了遗忘，其实更是为了让那些在时光深处酝酿，直到生命云淡风轻了，那些往事便也成了美好的或者无足轻重的存在。

中年了，也该云淡风轻了，也该看得透彻了。就像这静静流淌的半生，已然明白：有记忆也好，无回忆也好，平凡也好，辉煌也好，都是自己的跫音，都是生命不可分割的情怀。那么，所说的一眼望穿的余生，其实看到的，也只是一些可以成为回忆的片段，更多的，是平凡日子的累积。

那么，就会有期待，有期待，日子就永远是美好的。

脚步与大地的吻痕

如果看到炊烟醉倒在夕阳里，奔走的脚步也会感受到大地的温暖。多年前的一个秋天，少年的我离家出走，在渐渐荒芜的大草甸中，就像一叶枯草湮没于天地间，似乎只有脚步的移动还漾起一丝涟漪。当心里的怨气随着道路的遥远而消散，疲惫开始漫过身心，就在这时，与斜阳炊烟相遇。于是长长的风挟裹着落晖，洗去一身的乏累，将心绪也洇染得温柔而恬静。

当时光的印迹泛黄在记忆里，秋天的大草甸依然在回望里飘摇，仿佛那片黑土地上，我的足迹还在，盛满着那一瞬间的感动。其实一生之中，我们的脚步跨越过千山万水，而回首间却似乎没有留下一个脚印。是路面太坚硬还是走得太匆匆？抑或是人太多脚步太拥挤，于重重叠叠间让足痕漫漶？而有些路途，虽然短暂得像一首未唱完的歌，却是回味无穷，仿佛太多的心情都印刻在那里，任风雨起落，都不能抹平。

原来一切都在于彼时彼刻的心情，就像我当年与夕阳炊烟相逢的刹那。

在呼兰县城读初中时，班上有个男生，经常在没事的时候走遍大街小巷，就像每一处都有他的眷恋。后来我便和他一起走，甚至小城周围的角落，呼兰河的每一段河岸，都曾留下我们的身影。后来我们都远离了故乡，常常想起当年的行走，过往里数不尽的流连。后来和那个男生相聚过一次，提起往事，他说，他知道以后会离开，只想让回忆里有能温暖梦境与世事凄凉的故土乡情。

近三十年的光阴，关于故乡的回忆被生活的厚重压缩成偶尔的梦境，而那些旧梦里常常让我不忍离开的，是一座有着青砖围墙的院子，那是萧红故居。少年时的我经常走进那座长满花草的院子，在风中寻找着当年那个小女孩的寂寞心事。看着故居中的那些老照片，看着那张浅浅笑着的脸，想象萧红以后走过的水阻山隔，她眷恋的，依然是这个院子里留下的足迹。就像今天的我，重温着萧红故居中的一沙一石之细、一草一木之微，远远的呼兰河的涛声里，起伏着太多的往事与情怀。我的脚印重叠着萧红童年的足迹，也在我的心上镌下了只自知的怀念。

不管在何处何境，只要脚步伴随着心绪共同走过，就会将那际遇中的种种记取，在日后想起时，能焐热许多生命的苍凉。

以前看书时，第一次看到"步步生莲"这个词，顿时拍案叫绝，四个字蕴含着无尽的想象。一个女子如此静而美的走姿，那每一朵莲都是脚步与大地最生动的吻痕。依然记得那个初中时的男生，他现在依然在不停地走着，走过梦想中的荒芜与寂寞。他后来成为一个徒步走全国的人，在 20 世纪八九十年代徒步走全国的热潮退却后，他却默默地上路了，像一朵不引人注意的云悠然远去。这些年中，他的双脚抚摸过地图上太多的角落，生机盎然的江河流域、险峻横生的高山大脉、漫无生趣的无人区，所有天涯般遥远而亲切的所在，都是他脚步的期待。我曾在杂志上看过他的徒步笔记，还有拍摄的那些照片，才明白，愈是孤寂的人，内心也愈繁盛。我能想象，他的每一篇笔记，应该都是脚步与大地开出的花朵，弥漫着他内心的芬芳，也点染着读者的心境。步步生莲是女子的脚步开放在别人的眼中，而他，却是把脚步绽放在别人的心里。

在那些所有走过的路中，能让你的双脚感觉到温暖的所在，都是开放在心中不败的花朵。脚会记得路的暖，而那些路，也会记得双脚的努力。

有一个年轻的朋友，从小因一场事故失去了左腿。她从七岁就开始艰难地行走，她有着自己的坚持，从不坐轮椅，一年一年，她的双拐同身高一起增长。许多次，她拄着双拐走向离家很远的地方。或迎朝霞吐艳，或送落日熔金，或静看草原辽阔，或独对大河奔流，在不停地奔走中挥洒自己的情怀。我是在一个冬天的雪后，遇见了这个女孩。在郊外的雪原上，我看到一行特殊的脚印，只有右脚的痕迹，还有两点圆圆的深坑。循迹追去，在冰冻的河边，看到她在洁白背景下的身影。当时她正用拐杖在雪地上写下一行字：冬季冻结了河流的形状，却冻结不了笑脸，冻结不了脚步的流淌。

那雪地上的一行足迹印进了我的心里。就像熟悉了之后，我看到她在一篇文章中写道："一直觉得自己的左腿还在，我看不见它，却能感觉到它一直在向前迈进，跨越一片片美好，所以我的右腿要不停地跟上。"

回望来路苍茫，也许只有心绪停留过的地方，才会留下不灭的印迹。而在流年匆匆里，我们终将明白，脚步与大地的吻痕，其实是留在心底的种子，终有一日，会开出丛丛簇簇的美丽。

第二辑
倚杖柴门外

　　每天的傍晚，当斜阳的足音敲红了大地，他便拄着杖慢慢地走出来，走出那扇破烂的木门，然后站在矮墙边，白发在风里抖动，影子长得像一生的故事。

鸡栖窗台

低矮的草房，房草上的雪还未融尽，檐下垂挂着许多冰溜子，古老的窗子沉默着，正午的阳光抚摸着窗玻璃上正在消散的霜花，也抚摸着窗台上那几只懒洋洋的鸡。

每次面对这张图片，遥远的岁月都会呼啸而来，那些被时光埋没的细节，纷纷破土而出，生长成生命中最初的流连。我家最早住的也是土草房，土墙和房草都浸着阳光的颜色，也是那样古老的木窗，分上下两部分，下部分固定，上部分可以向上掀开挂起。春天的中午，房上的雪便慢慢地被阳光点燃，长长短短的冰溜子排列在檐下。鸡是聪明的，知道哪里的阳光最浓，便纷纷跳上窗台，躲在无风的温暖里。

我总是坐在窗后，隔着玻璃看那些收集着阳光的鸡。此刻的它们是安静的，慵懒地看着大地，看着一个美好的季节正慢慢走来。那时我更小一些，会拍着玻璃，可是它们不为所动，仿佛什么都不能影响到它们此刻的惬意。

然后我们搬到了另一个稍好一些的房子里，南面向阳的那面墙是砖的，其余依然是土墙，房顶依然是苫房草，我们把这样的房子叫"一面青"。可是我更怀念阳光爬满土墙的样子，墙上映现出无数的岁月。窗子也大了许多，是对开的，夏天的时候，风便从敞开的窗子流淌进来，我也可以和窗台上的鸡毫无阻隔地对视。

　　窗台的空间有限，所以它们会经过一番争斗，胜利者高踞在上，落败的便去另寻栖处。只有那只大公鸡从不上来，也不争抢，它宽容地看着母鸡们折腾。有时我发出奇怪的声音，或者扬手作势欲打，一些鸡便伶俐地飞跳下去。只有三只鸡胆子最大，总是留到最后。甚至我伸手去摸它们，它们也不惊。那只母芦花鸡总是昏昏欲睡，摸它毫无反应；纯白色的那只总是躲避，却不飞下窗台；黄色母鸡比较厉害，我的手伸过去，它会轻轻地啄以示反抗。

　　当时不是特别清楚，为什么鸡那么留恋窗台，除了春日里阳光充足，夏日里长风通畅，可能还因为屋里总有些东西让它们好奇想亲近吧？就像当我离故乡越来越远，当光阴如水逝去，我的梦也总是栖在老宅的窗台上，去感受那种眷恋，曾经的草房，是我温暖的心灵之巢。

　　有一只鸡比较弱小，任何一只鸡路过它，都会在它脖子上狠啄一口，它不敢还嘴只是逃，所以它的脖子长年是秃的。它从没上过窗台，更多的时候就是在下面眼巴巴地看着。有一次我把窗台上的鸡都轰了下去，把它抱了上来，它却恐惧不安，下面的鸡都很愤怒地盯着它，如果不是我站在那儿，早就群起而攻之了。它只向屋里伸头看了一眼，便用力飞了下去，下面的鸡都疯狂地追着去啄它。它总是孤单离群的，小小的身影有着说不出的落寞。

那个午后，我坐在窗后，无聊地逗着那三只鸡。黄鸡被我逗得急了，跳着啄我的手，突然眼前一暗，大公鸡高高飞起跃过窗台向我猛扑，我落荒而逃。竟然有些受到惊吓，睡梦里还是大公鸡扑我的情景，惊醒后，听见窗外真有什么声音。悄悄坐起来，向外看去，明晃晃的月亮底下，那只总受欺负的鸡正尝试着往窗台上跳。可能是依然暗，或者是它从没自己飞上来过，失败了好几次后，才站上窗台，先是向屋里看了一会儿，不知道有没有遇见我的目光，然后便四处看，顾盼间满是得意欣喜的神态。

隔着岁月的烟尘，每次回望那只深夜里跳上窗台的母鸡，都能感受到一种孤独的执着。有谁不是这样呢？想想看，在那些寂寞的夜里，我曾默默地付出多少努力，只有自己知晓。就像那年那夜的月光，那窄窄的窗台，知晓一只鸡的梦想。

永远不再

　　读张爱玲的散文，看到她对一些念念不忘的名画的印象，其中保罗·高更的《永远不再》，她描述出一种带着流逝意味的无奈。更或许是画的名字触动了我，我便很想看看这是怎样的一幅画，于是便在网上找了来。

　　一些著名的画家，我对于他们的经历身世多少会有一些了解，只是对于他们的名画，我的欣赏水平实在是太差，甚至可以说毫无欣赏水平。所以，当《永远不再》呈现在我的眼前，第一感觉就是我看不出美在哪里。一个肤色发黄的女人躺在棕色的床上，或者也像沙发上，那个竖起的床头或者靠背，总给我一种错觉，仿佛她正躺在一架古老的钢琴上。女人长得并不漂亮，脸上有着一种似淡漠又似无奈更似气愤的神情。

　　这个神情让我想起很久以前，那时我还只有八岁，和父亲去哈尔滨。在候车室等车的时候，对面不远处坐着一个女人，在初冬的天气里却只穿着很少的衣服。过了一会儿，来了一对男女，男人似乎想挽留坐着的女人，同来的女人却是一副很生气的神情。坐着的女人一声不响，后来，那两个人就走了。女人看了他们的背影一眼，便把头躺靠在椅背上，一种说不出的神情。

而今天看到高更这幅画中的女人，那种神情便与记忆中的那个女人重合起来。画中女人的身后是窗子：较大的窗口外是一对私语的情侣，而女人斜起的眼睛，像是在关注那对情侣；较小的窗口外，停着一只鸟，在向室内窥伺。整个窗外更远处，是蓝天、游云，还有洇染着玫瑰色的树或者晚烟。似乎有光，游走在女人的身上脸上，使得那一抹冷漠也柔和了一些，使得那一丝忧伤也生动了一些。

冷漠渐渐柔和，忧伤渐渐生动，似乎很矛盾的结合，也可能是我极错误的解读。对于名画，虽然我经常是看不出所以然来，却总能于一些细节中生发出自己的想象和体会。我知道在行家眼里，我的这些所感极为可笑，不过却也是我内心真实的感受。许多年前，我的心里是真实地相信着永远的，是一种一条道跑到黑的相信，只是在几十年的风雨起落中，在无数次头破血流之后，不得不无奈地一次次折断了道路。

如今终于明白，世间存在着永远，那就是永远不再。很多东西，丢失了，就找不回来了；很多路，走过了，就无法回头；很多人，错过了，就没有再见；很多事，放弃了，就成为过去。

永远不再。就像画中的女子，可能也是曾经那么热烈地爱过的吧？于是此刻听着窗外情侣的笑语，才会有着那么复杂的神情和心情。逝去的爱情如逝去的光阴，都是回不来的。即使如高更，他不在意世人的眼光与评论，他在内心的世界越走越远，也会喟叹有些东西永远不再。他说："我要画画，就像溺水的人必须挣扎。"只是他的挣扎刺痛了很多人的目光，溅起的水花也淋湿了很多人的尊严。他说："我是个野蛮人，也是个孩子。"所以他在跌跌撞撞之中，伤了人也受了伤，最终在孤独中死去。

追求中总会不断地抛弃或遗失，总有多年以后的遗憾。在四十多年的世事风尘中，多少次被梦想点亮的目光熄灭了。即使我能一次又一次坚定地向着某个方向走，可最后总是有一种失落感。某些情景，总是触动一丝怅惘，就如画中女子听着窗外情侣的情话，让心情在复杂中难明。面对这幅画，其实面对许多西方油画，我总是不太明白，为什么多是裸女的形象。当然，我也曾看过多方面关于这个问题的分析解读，只是可能我过于愚钝，那些理论似是而非之间，并不一定能让我信服，而我也不想故作高深地不懂装懂。

后来读到高更的一句话："我想一个简单的肉体可以唤醒长久遗失的蛮荒狂野中的奢华。"说实话，这句话我连看了无数遍，依然不太懂其中的意思。我能感受到这句话中奇异的美感和道理，但总是隐隐约约地看不清楚。就像画面中窗外那些分不清形状的玫瑰色，觉得美，但不知道是什么。那么，这幅画为什么叫《永远不再》呢？只是女人失去的爱情吗？还是逝去的光阴呢？或是曾经的那种心情？

我看一些解释说，高更画这幅画的时候，正是他心爱的女儿死去不久，是他的健康损坏之时，也是他最潦倒之际。我并不了解他的这一段经历，如果所说是真实的，那么，这幅画中，就有着太多的永远不再。

所以，生命中永远不再的，除了那些可感可知的，还有更多不被察觉的种种，偶尔触及时会有隐约的伤感，细想时却又逝去无痕。我也经常有莫名伤感的时刻，就那么无由而来，看不分明。如画中小窗外呆立的那只鸟，向室内凝望着，谁也不知道它在想些什么。

再见，野孩子

十年前的时候，刚放弃了工作，每日里很闲，或伏案写东西，或倚窗看一些书。邻家上二年级的男孩没事的时候，总会在窗外看着我，似乎对我看书的样子很好奇。这个男孩是公认的调皮小孩，但是却很有礼貌，很招人喜欢。

一个周末的午后，男孩隔着窗问我："叔叔，看书有意思吗？"我笑着说："挺有意思的！可是我在你这么大的时候，有很多比看书更有意思的事！"他就很惊讶，走近前来想听我讲讲。看着他清澈的眼睛，便记起了许多遥远的往事，我索性抛了书，走出门，准备带他边溜达边讲。他冲着家里喊和叔叔出去玩，他父亲在窗后笑着对我点头，我带着他走向夏日的郊外。

阳光把小河流水的声音浸泡得带着几分慵懒，断断续续的南风裹挟着不知何处的鸟鸣，我俩踩着一地的光影，路两旁是昏昏欲睡的树。我告诉他，我小时候生活在农村，不上学的时候，每天都和一群小伙伴爬树，下河游泳，去大草甸上捡鸟蛋，或者从高高的墙上往下跳……他听得眉飞色舞，说自己一样都没玩过。看着他充满渴望的神情，我就想让他体会一次，可是四处看了看：爬树不行，他那一身新衣服可能会弄破；下河游泳还是算了吧，也不知这里的深浅；捡野鸭蛋没有草甸……

看到前面一带矮墙，一米多高，墙下是柔软的草地，我就带他爬上墙，告诉他我们比赛，看谁在上面跑得快。他有些跃跃欲试，我说摔下来不许哭，他说除了被妈妈打还从没哭过。于是他前我后，我们两个在墙头上越跑越快，他的平衡能力还真不错，而且胆子也比我想象的大。最后，我从墙上跳下来，他也毫不犹豫地跳下来。我俩坐在草地上歇了一会儿，他忽然想出一个好主意："叔叔，咱俩再比赛一次，站在墙头上往下跳，看谁跳得远！"我欣然同意，一大一小两个身影不停地上上下下，都摔了好几次，却摔出了更响亮的笑声。

回去的时候，我们都是满身的汗，他很恋恋不舍，一个劲儿追问我，是不是我说的那些都比这个更好玩。一进小区遇见他妈妈，他妈妈问："看你咋这么高兴，干啥去了？"他很聪明地回答："叔叔带我散步去了，给我讲故事！"然后偷偷冲我眨眨眼，就跑回家去了。

我也久久不能平静，童年的往事如潮水般一一涌来，那个时候，我们真的是名副其实的野孩子，似乎根本没有怕的事，大人们也根本不管我们，那种亲近泥土的快乐，是我们生命中最初的蓬勃朝气，有着浸润一生的回味。可是现在的孩子呢？比如这个被公认为调皮淘气的邻家男孩，有时也被他妈妈叫成野孩子，可和我们当年比起来，简直就比小女孩还要安静。即使现在农村里的孩子，也大多已经失去了那种野性，都是乖巧得让人心疼。

现在都是一切以安全为主，可当年的我们，哪有安全的意识呢？四五岁的时候，我就从炕上冲下来，跌断了胳膊。在我成长的过程中，如果每天不受点儿小伤都是不正常的事。哪像现在的孩子手划了一条小口，就是见了血的了不得的大事，弄得全家人紧张。以前看到一些小孩上树下河的，大家会觉得这些孩子真是幸福快乐，后来再看到这样的场景，大家会想，这是谁家的孩子？多危险啊！

忽然想到，之前如果邻家男孩跳墙的时候，真的摔坏了，那该多可怕？邻家的人肯定会在心里把我恨死了。幸好男孩聪明，没有说我带他玩了什么，否则他父母也定然会警告他下次不许这样。我便有些后怕，进而又想到，万一他以后要是自己去那里跳墙玩呢？而且我对他讲了那么多我小时候玩的东西，万一他以后心痒难耐，自己跑去下河游泳呢？自己跑去爬树呢？于是心底又多了一些担忧。

快到秋天的时候，有一个午后，邻家男孩又隔窗和我说话，他凑过来说他爸爸妈妈把他教训了。我一惊，问因为什么，他告诉我，他给父母讲了我说的那些好玩的事，把父母吓坏了，警告他如果敢出去那么玩，一定狠狠打他。又和他说，如果摔坏了就上不了学了，要是在河里淹着就连命都没有了。他的目光不再那么清澈，里面融了一些明显的恐惧。我忍不住逗他："走，叔叔还带你玩去！"他眼中有光闪亮了一下，然后就很快熄灭了，摇摇头走了，瘦弱的双肩微微下垂，仿佛背负着一种无形的负荷。

我的心也沉重起来，我知道，一个野孩子就这样被驯服了。

想起几天前，在公园里看到一个男孩在别的孩子的注视下与欢呼声中，爬到树上去摘臭李子。看到这一幕，我想到的竟然也是这多危险，摔下来怎么办？

那一刻我知道，我心里的那个野孩子也渐行渐远，正在慢慢地消失。

你看见我了吗？

经常在街上会有陌生人来问话，大多都是打听道路的，特别一些的，也有问看没看见什么样的一个人走过去的，但这些都不算特别奇怪，我遇见最奇怪的一次问话，是在去年夏天，在河边的公园里。

当时是午后，我正在阳光下散步，清澈的流水，对岸是青青的山岭，公园里花草葳蕤，很怡情悦性。忽然迎面匆匆走来一个人，他在我面前停住脚步，看他花白的头发和满脸刀刻般的皱纹，至少得有六十岁。他稍稍喘息了几下，问我："你看见我了吗？"

我一愣："什么？"

"你看见我了吗？"他略有些着急地又问了一遍。

刹那间，我觉得自己遇见高人了。头脑中立刻闪过三个念头：第一个，此人可能像古书中说的那样，修炼什么隐身术，为了验证自己有没有练成，出来逢人就问你看见他了吗；第二个，这可能是一个思想极为深刻的哲人，就如那些大哲们经常思考我是谁，从哪里来、到哪里去，他在寻找自己；第三个，这人不是个疯子，就是一个游戏人间的老顽童，诙谐幽默。

于是我就回答："我看见你了！"

他却似乎有些困惑："我在哪儿？我怎么没看见我？"

第一个念头推翻了，我说："你就在这儿啊？你看不见你自己吗？"

他忽然笑了："我不是找你，不是在找自己，我是在找我，你看见我了吗？"

看来第二个念头的可能性也不大，那么，他或许是精神不正常，或许就是拿我开心。不过确实挺开心的，听到这样离奇的对话，于是我就笑，越笑越想笑，几乎不能停下来。

他涌起恍然大悟般的神情，然后也跟着我笑，笑得满脸的皱纹都跟着生动地颤抖。等我俩终于笑够了，他才说："小伙子，你肯定把我当成疯子了，哈哈哈，我说习惯了，你听不明白也正常！"

我问："那到底是怎么回事呢？"

"我的狗丢了，之前还和我在一块儿，一转眼就不知道跑哪儿去了。我都找了老半天了，也没看见它。对，对，我的狗就叫'我'，就是，那条狗的名字叫'我'！"

我忍不住再笑，狗的千奇百怪的名字也听了许多了，可是叫"我"的，还是破天荒头一回听说。

似乎是看出了我的疑问，他告诉我，那条狗是他从外面捡回来的流浪狗，捡回来时还很小，瘦弱得不行，他和狗住在城市边缘的平房里。经过一年多的喂养，狗已经长得很强壮。他觉得那狗和他特别投缘，很聪明懂事，和他相处相伴得非常好。那还是刚捡回来不久，他也琢磨着给狗起个什么名，却一直没有好的。后来他就发现，每次无意间一说"我"字，狗就特别有反应，会应声而来。而且他觉得这条狗和自己真的挺像的，便叫它"我"了。为此，邻居们没少嘲笑他，他也只是一笑置之。

"那你的家人呢？不笑话你吗？"

他怔了一下，用力摇了摇头，却摇落一声很沉重的叹息。脸上的皱纹似乎更深了，花白的头发在风里越发凌乱。

忽然一阵响动，转头看去，一条黑狗正跑过来，我惊喜地问："那是不是你？"

他也转头，脸上的悲戚一扫而空，兴奋地说："那不是你，那是我！"

于是又都笑。他喊了一声"我"，黑狗就一个冲刺扑了过来，它确实很大，不过有一条腿好像有点儿毛病，它亲热地围着他，低声地叫。

老人带着那条叫"我"的狗，走上阳光下的那条小路。

我站在那里，笑着，看着，看着他和狗走远，笑容隐没了，心里却忽然沉重起来。

有些成为回忆，有些则被忘却

　　我看到几个男生抬着一架脚踏风琴进了教室，上课铃声追赶着他们的脚步，好奇心一下子被勾了起来。这是我从乡下中学转到城里中学的第一堂音乐课，我对它有一种陌生的期盼。可是很快，这种期盼就被打击成了沮丧。

　　教音乐的是一个年轻的女老师，她二话不说，便坐在脚踏风琴前弹唱了一首《喀秋莎》。在农村生长的我何曾听过这样的音乐和歌声？独特的旋律带着悠悠的尾音，扫起我心底那么多的欣喜。当我还沉浸于其中时，老师已经在黑板上快速地画出了一些五线谱，然后她叫了正在发呆的我："这位同学，请你到黑板前把《喀秋莎》第一段的五线谱译成简谱！"

　　站在黑板前，我看着那些高高低低蝌蚪一般的符号发呆，仿佛窥见了一个完全不了解的世界。老师并没有批评我，而那以后我恶补了一下这些音乐的基础知识。当我能在黑板上流利地把五线谱译成简谱时，《喀秋莎》我已经唱得相当熟练了。这似乎是我接触的第一首外文歌曲，便刻在了青春的最初段。多年以后，当楼上一个老大爷天天用手风琴弹这首曲子时，心总是乘着音乐的翅膀回到那个朴素而多姿的年代。

过了一年多，我已经熟悉了城里的生活，也习惯了在城里上学的氛围。那个春天，呼兰师专有几个即将毕业的学生来我们学校实习，分到我们班的，是一个开朗的女生。上课时她和我们一样认真听课记笔记，下课后她和我们聊天，教我们唱歌，其中就有那首一直都喜欢的 *Yesterday Once More*。当时我觉得，世间竟然有这么美妙的歌声，那么静那么美，像午夜的星光月色，能把人的思绪拉入一个神奇的世界中，就连我这不懂音乐的人，都流连忘返。

而我真正体会到外文歌的魅力，是在高中以后。一个周末的下午，和一个同学闲逛，去了他一个亲戚开的琴行。满墙挂着各种吉他还有我不认识的琴，当时同学的亲戚正专心地听着音乐记谱。我俩坐在那儿，很快便也沉入到音乐的海里。当时虽然听不懂歌词，可是那旋律，那歌声，如无形的手指，一遍一遍地抚着我的灵魂。歌声给了我复杂的情绪，仿佛一种诉说，又仿佛一种感叹，似乎有些不羁，又似乎有些无奈，既像是希望破灭后的怀念，又像是在绝望中看到一丝光亮。总之，各种矛盾的感受相互纠缠着，是单纯对音乐旋律和那个有些沧桑声音的感受。

现在我依然记得，当音乐停止，我迫不及待地问同学的亲戚这是什么歌时的急切心情。从那一刻起，歌名便镌在了心上——*Hotel Califarnia*，当时没有网络，我千方百计地找到这首老鹰乐队的《加州旅馆》的歌词。我想看看歌词给我的感受和音乐所给我的是否一样。其实，歌词我也看得很朦胧、很混乱，那种感受和音乐很相似，仿佛那个旅馆，那个房间，那个她，如梦似幻，而"我们都是这里的囚犯"，可是，却又似乎在唱着自由与梦想之声。而我感触最深的一句，就是："有些成为回忆，有些则被忘却。"

有着魔性一般，《加州旅馆》的音乐在脑海里游荡了很久。虽然上大学之后，接触了许多外国音乐，有乡村音乐也有流行音乐，其中不乏有深喜的，可是都没能把《加州旅馆》淹没。直到毕业后，当梦想与现实碰撞，当我于彷徨中茫然，当我远离故土，忽然有一首歌落进了心里，那就是加拿大音乐家马修·连恩的 *Bressanone*。遇见《布列瑟农》，就像遇见了一种安慰，遇见了一种美而悠长的乡愁。

歌声清清浅浅却透着沧桑，仿佛讲着古老的关于那片心心念念的土地的故事。特别是歌曲的结尾，在音乐声渐低渐远之后，忽然生长出火车驶过铁轨时的咔嗒咔嗒的声音，在音乐的余韵中，把我的心载入时光深处的故乡。也许，每个人的心底，都有一个布列瑟农般的小镇，永远美丽，却回不去。

故乡遥远，即使归去，也不再是曾经的一切。我在异乡奔波劳碌，穿过无数次的黑暗，在黑暗中，在琐碎的困围里，我总是反复听一首歌，澳大利亚女歌手蕾恩卡的 *Trouble Is A Friend*。流畅而又律动的旋律，有质感而又透着温暖的声音，很有治愈性。虽然我并没有让烦恼成为朋友，可是烦恼却也不再是我的敌人。月色涂抹的晚上，这首歌总能洗去心上所有的芜杂，然后飘进一个清澈的梦里。

七年前，在影院看《速度与激情7》，故事很快模糊，而主题

曲 *See You Again*，却在心中久久不散。有人评论这首歌"开心时入耳，伤心时入心"，确实如此，不同的心境下，听这首歌的感受也会不同。有留恋，有遗憾，也有憧憬，有祝福。即使不知道这首歌是在缅怀和纪念《速度与激情》的主演保罗·沃克，我们也能于音乐中品咂出一种深沉的情感。

See You Again，可以缅怀太多的人和事，也可以纪念太多的心情与失去。就像我们行走在长长的路上，不断地遇见，也不断地告别。确实，有些成为回忆，有些则被忘却。

倚杖柴门外

中年的光景，回忆如黄昏的鸟，总是不期然地飞来，栖落于渐老的生命之树上，洒落许多斑驳细碎的光阴。

经常想起故乡的一个老人，那个时候，他很老很老，而我却很小很小。他老得要扶着一根木杖行走，白发苍苍；我小得跌跌撞撞地奔跑，无忧无虑。我不知其年岁，据说他是当时村里年龄最大的老人。每天的傍晚，当斜阳的足音敲红了大地，他便挂着杖慢慢地走出来，走出那扇破烂的木门，然后站在矮墙边，白发在风里抖动，影子长得像一生的故事。

他的目光掠过布满牛马蹄痕的土路，掠过村西那片年轻的杨树林，在广阔的黑土地上无边无际地铺展开。他的许多老伙伴，已经长眠在这片土地上，白发故人稀，他轻微的叹息声融化在长长的晚风里。他的身后，经常跟着一条黑狗，同样走得很慢，仿佛寂寞与寂寞相伴。偶尔，他会和一两个老人一起站在那儿，说上几句话，更长的时间是沉默，身后的树上，一群麻雀如往事般乱飞。

有时候会想，如果我活到了那把年纪，是不是也会寂寞如秋。我会喜欢那样的时候，倚杖于柴门之外，临风而立，让目光徘徊于天地之间，而往事却穿行于心里。若逢春朝，即使梨花对白头，即使心底有太多的沧桑变迁，也会有着一丝欣喜吧？若是夏夜，长风流淌，繁星如梦，回望一生的际遇，也会温暖一种思绪吧？若处秋暮，虽草木摇落，却禾黍飘香，此身虽老，亦有所获，该会有一些欣慰吧？若在冬午，暖阳映雪，大地皆银，虽风寒如割，亦能品咂出一种怡然吧？

一切都是想象，我不知道，要在尘世中奔波多久多远，要历经多少悲欢离合，要适应几许荣辱浮沉，才能于暮年倚杖而立，笑看风烟。那是一种脱离了欲望的悠然，是一种度尽劫波的超然。

而我却知道，不管有着怎样的经历，或一帆风顺，或艰难坎坷，或默默无闻，或辉煌灿烂，到了那个时候，许多曾经在乎的，曾经追求的，曾经死守的，也都该放下了，心里也会空空的，如云淡风轻。也许也会有着幻想，如果一切重来，在某个时候，是不是会有另一种选择，会不会有另一番因缘际遇。俱往矣，才明白，生命终会归于平静平淡。就像那一刻，孤独地站在柴门外，只有晚风解读着心情。

中年的我很容易慨叹，而老年的我可能却连叹息也由淡趋无。那么多的岁月都已从身畔流走，那么多的过往都已化作云烟，回归了生命的本真，该会有一种大愉悦。

就像儿时的我，总是喜欢看着那个柴门外倚杖而立的老人，那个时候，可能除了头发，除了年龄，除了经历，我和他的心，有着许多相同的地方。我是无忧无虑，他是万事不萦怀；我是看一切如初生般纯净，他是看一切像流水般清澈。一个是原本的真实，一个是返璞归真，都是生命中最初的那种美好。

所以，忽然觉得，老之将至并不是一件很可怕的事，既然人人皆有那样的时候，那么就努力让那个时候的自己更真实一些。就算老态龙钟，就算发白如雪，也要拄着木杖，安静地站在柴门之外，在四时里的每个晨昏，用目光，用心情，洇染最后的时光。

不觅仙方觅睡方

　　可能每个人都曾有过失眠的经历，在寂静的长夜里，没有睡意，或者是觉得非常困倦，却总是与梦失约。总之，失眠是一种自然的无眠状态，并不是打着哈欠强挺着去做一些必须要完成的事，也不是看影视剧欲罢不能从而通宵达旦，熬夜和失眠，是两回事。

　　想来，各种失眠我都遇见过。少年时代经常因过度兴奋而失眠：或是学习了一天带半夜，满脑子的习题层出不穷；或是易感的心于一些喜悦的事里欢跃，沸腾着不肯冷却；或是白日里过于沉浸在象棋围棋里，闭上眼都是楸枰世界；等等。这种种，总是轻易地就驱逐了困意。

　　只是这种失眠并非常态，而且并不是如何折磨人，偶尔来一次，回想起来还颇有一些情趣。而我青年时代的失眠，却是一种生长在深夜里不堪回首的疼痛，不知是心理性还是病理性，几乎每一个夜里，困和失眠的双重纠缠都不间断。而且在它们的争斗中，我的心便由烦乱到暴怒，有时便用拳头捶墙，那种直接的痛能暂时缓解头脑中的纷乱，却赶不走困，也赶不走失眠。困而睡不着，是一种刑罚。

读到陆游的一首《午梦》：苦爱幽窗午梦长，此中与世暂相忘。华山处士如容见，不觅仙方觅睡方。这是为了午梦而求一睡方，我也多想求一个睡方，能在晚上一觉到天明。

很多人劝我吃些助眠的药物，可能是以前总听人说这些药有依赖性这一类的话，所以我从心理上就抵触各类相关药物。于是，就打听了不少助眠的小方法、小技巧。比如把葱切碎放在枕边，或者戴着耳机听催眠曲，作用都不大。更有稀奇古怪的，我都是不敢也不想去尝试的。

倒是有一个办法我很乐意去试，那就是失眠的时候，把头和脚调换一下位置。第一夜，失眠来袭，硬挺了一会儿，便把枕头扔到脚下，头脚换个方向，果然感觉不一样，也许是心理作用，觉得平稳了很多，居然很快睡着了。不过只有一两次起作用，后来有一夜，我把枕头抛来抛去，头脚颠来倒去数十次，却依然没能抓住梦的手。

现在想想，那些失眠虽然熬人，但毕竟年轻，似乎也没对身体、精神造成太大的影响。其实我觉得有一种失眠更煎熬，往往是发生了一些不堪忍受的事，或者发生了预料到某种严重后果的事，不知怎么做，无奈、无助、无力，便很想通过睡来逃避，至少也是暂时忘却，却又睡不着，担心、后悔、恐惧，各种情绪纷至沓来。又想着，如果睡着了，最好再不要醒，如果醒了，最好是发现到了世界末日，便什么问题都不是问题了。

那个四月的晚上，不到八点钟，父亲突然离世，待处理完一些事情后已是深夜，亲朋都劝我睡一会儿，因为接下来的几天更忙碌。躺在床上，我很想很想一下子沉入到睡梦中去，来摆脱那种痛苦，更想睡了一觉醒来看到父亲如常的笑，原来一切是一场噩梦。只是，失眠顽固而残酷地剥夺了我的念头，让我连一个虚幻的希望和梦都不能有。

也许，再没有哪一种失眠，能让人有着如此极清醒的悲伤，清醒着的分分秒秒，都在提醒着永远的失去，提醒着一生的苍凉。那样的时刻，我真的想一睡不醒。

人到中年，依然会有失眠来侵扰，那样的时刻，实在睡不着，我就会安慰自己，没什么可怕的。没有什么天大的事不能过去，只是眼前的失眠就过不去，它才是最长久的摆脱不掉的相伴。所以，如果这世间真有胜似仙方的睡方，我还是愿意一求一试。

素笺十年

 竟然不知该怎样称呼十年后的自己，到底是你还是我，或许把你当成岁月后的另一个人更好些，本来在时光的飞刃中，每一个人都会被分割成许多不同的人。昨天的我已经不是今天的我，那么，十年后的我，也不再是我，而是你。

 我曾给十年前的我写过一封信，想着如果那封信能溯时间之河而上，落进那个还依然年轻的人手中，该是怎样的欣慰与欣喜，该是怎样于迷茫中看到了希望，从而信心更足，不惧白眼冷遇。

 可我明明知道，写给十年前自己的那封信，是永远也寄不回去的。而我写给你的这一封，却总会在你眼中铺陈开一段回忆。虽然它还要在这尘世间辗转十年，可我会为你好好地保留它，在我一天天一年年变成你的过程中。

 其实，我多想知道此刻的你过着怎样的生活，有着怎样的状态，我也知道你无法告诉我，就像我无法告诉十年前的自己那般。可我却能想到你要对我说的，你也许会说："感谢你，我今天一切都那么好。"或者说："你还有脸问，除了年龄，什么都没有改变。"你最可能说："今天的我是什么样子，都取决于你，你要努力坚持啊！"

是的，今天的我，也只是在憧憬着十年后的你，憧憬总是美好的，可现实究竟怎样，也只有你知道。我会继续做自己喜欢的事，每天看书写字锻炼身体，珍重遇见的人，珍惜每一个眼前当下。就这样让日月流年带着我，接近你。我了解你，不管我走到哪一步，你都会欣慰。因为不必非要心想事成，只要坚持就好；不必非要走到归宿，只要在走就好。

我们本身的事，我不想再问，因为我总会成为你。我更想问的是，当你看到这封信的时候，母亲她还在吗？她的身体还好吗？孩子们已经二十六岁，她们工作怎么样？成家了吗？幸福吗？

我要你多陪母亲聊聊天。多听孩子倾诉。多对所爱的人说爱他们。对一直陪伴你的朋友，要更珍惜，多回以陪伴。对生活多感恩。

你可能已经渐渐淡忘了现在的我，毕竟十年的光阴漫漶，许多细节都已如云消散。寻常日子，烟火人生，我如今白发颇多，皱纹暗生，常常熬夜，很有些憔悴。你现在是不是已经白发皱纹更多？虽然岁月的痕迹已经出现，可我觉得自己依然年轻，心里依然有着那么多的好奇与渴望。虽然，你已是五十六岁了，就要步入老年的阶段，可我期待你的心依然年轻如十年前。

想想很有些伤感，多想这十年一直也走不到头。可是没有人能跳出时光之河，向着下游一直走，一直走，望我们有生之年，能走到那片海。那时的你我，回望生命途中曾经的无数个你我，便也可以微笑而无悔了。

我曾经对十年前的自己说："我对得起你十年的努力了！"

我希望此刻看着这封信的你，脸上带笑，眼中含泪，也会轻轻地对我说："你的选择是对的，我已经对得起你这十年的努力！"

我会想象我们相见的情景。

你笑着对我说："辛苦了！"

我会回以微笑："继续努力，去寻找那片海！"

墓碑上的鸟

　　楼上的老大娘病重，可能是脑出血，一直卧床，醒来的时候人事不知，只是不受控制地哭，哭声很细很哀婉，特别是在夜里，她的哭声总能唤醒我心底深藏的一些悲伤。刚搬来的那几年，楼上八十岁左右的大爷大娘都很健康，每天傍晚结伴去跳广场舞。虽然子女不在身边，可曾经当过老师的他们却想得很开，遇见人便露出很慈祥的笑，说着很温暖的话。所以当大娘的哭声每天不时响起，我就会觉得她曾经的笑容里，是不是也埋藏着很多伤心的过往。

　　一个下午，听到楼上一片嘈杂，很多人来来往往，我就猜到大娘可能过世了。上楼去看，却震惊地知道，过世的是大爷，说是突发心脏病。大娘依然躺在床上睡着，睡着的时候，脸上却有着隐约的笑。她已经感受不到相伴之人的离去，只是她以后的哭声里，我却似乎听出了另一种悲伤。大娘又继续哭了半年多的时间，便追随着大爷而去了。

那之后很长一段时间，楼上大娘的哭声似乎依然总会在耳畔响起，然后渐渐就没了声息，后来楼上搬来了新的住户，我也极少再会想起曾经那两个总是暖暖笑着的老人。有些感慨，一个人在世上活了七八十年，离开之后，留下的是什么呢？在认识的人心底，留下的印象也会逐日淡去，即使是在亲人的心中，伤痛过后，也只会渐渐成为一些特殊日子里的怀念对象，其余的时间，了无痕迹。

有一年我无意中走进一片幽深的墓园，长长的风缠绕着静默的松树，墓碑散矗着，也同样地沉默。我一边走，一边看着墓碑上的字，陌生的名字，不同的生卒年，原来一个人的一生，竟会以这样简短的方式镌刻在那里。有的年代已经相当久远，想来把故去的人刻在心底的亲友，也该已故去了，可见墓碑记取的，比人更长久。有的人只活了短短的二十年，还有更年轻就长眠于此的，在生与死之间的种种悲欢离合、得失荣辱、爱恨情仇，终会归为尘土。

虽然道理易明，却真的是不到闭眼前的那一刻，谁也不能真正放下。就像身后的城市里，依然有着我那么多琐碎和烦恼，即使有眼前墓地冷酷的文字，却也只是让我有着短暂的感慨而已。虽然让人有"世事一场大梦"的喟叹，可心底的欲望却并没有丝毫减少。这长眠之地，总是把"生命的意义"这类古老的话题强加到心上，似乎不活到光鲜不走到辉煌，便愧论意义。可身后红尘中那些碌碌的人，又有几个出人头地的呢？更多的人，只不过是为着微小的希望而努力生活着。生命的意义，也许只不过是在生活的废墟里寻一株青草，只不过是在梦想的灰烬里撷一点儿火星。

平凡，是生活的常态，生命，本就是平凡的叠印。

一只不知名的鸟啼鸣着飞过来，落在不远处的一个墓碑上。在它的眼里，这些坟墓也就是土丘而已，刻着字的墓碑，也只是寻常落脚之处。只是刹那间，那只鸟又飞走了，面对墓园中的生与死，它只是匆匆的过客。如果这只鸟有一天不再飞翔，静静地死在大地上的某个角落，还会有谁记得它呢？它飞翔了一生，到底为了什么？

一问为什么，一切便似乎都失了意义。一说到意义，在死亡面前便又都微不足道。可是，我还活着啊，我依然在生死间的短暂光阴里珍惜那芳华，有时豪情万丈，有时又消沉绝望，可是从没有哪一种感悟能让我放弃在这世间行走、追逐。那么，如此就好吧，就像那只匆匆的鸟，飞着，唱着，路过着，哪去想生与死。

傻　笑

有一个下午，我在公园里闲走，秋天渐深，天高水清，草木也走向零落。正走着看着，感慨着时光的飞快，忽然路旁水畔，一个三十多岁的男人就冲我笑。

我仔细看了看那个男人，一点儿也不眼熟。虽然我也有些脸盲症，可是一般情况下都是，看着别人有些眼熟，就是想不起叫什么名字，在哪里见过。而眼前的人，我可以确定没有见过，不认识。他的笑很憨厚，似乎有着想搭讪的意思，我皱了一下眉头，觉得这人有些发呆，肯定不太正常，一看那傻笑的样就知道了。我没有理会他，很冷漠地看了他一眼，就走过去了。走过去挺远，回头看，他正看着一河流水，似乎那种傻乎乎的笑还挂在脸上。

虽然是匆匆地擦肩而过，虽然是一张傻笑着的脸，却莫名其妙地在我的记忆里停留了许久。直到冬天过去，春天也过去了大半的时候，那张傻笑的脸才从记忆里由淡趋无。

那个午后，我沿着河走到城郊，正是草木葱茏的时节，我边走边看，每一缕悠然的风，每一片欣然的叶，每一朵怡然的云，每一簇灿然的花，都牵动着我的目光，触动着我的心绪。我的心里也充满了生机，就像身畔的春天一般，仿佛许多美好的东西都要生长出来。便情不自禁地，对着花朵笑，对着流水笑，觉得所见皆赏心悦目。

我本来就经常能从平凡平淡的景物中，发现一些让人流连的东西。比如走在大街上，哪怕日复一日，也总能看到某些可以让我生发想象的事物。即使是熟悉的地方没有风景，我也能日日流连而不厌倦。而此时，刚刚走过肃杀的冬天，刚刚脱离了存在半年之久的雪，天地焕然一新，所有的冷郁一扫而空，可以让我心动的存在更多了。

平时在街上，或者在什么地方，我很少看人。因为人们都走得很快，脸上也是很麻木的表情，他们目不斜视，似乎心里装满了琐碎的事。看他们的脸，很影响心情，很容易把自己的烦恼也勾起来。所以，我宁可去看路旁的任何东西，也不愿在这样的人海中随波逐流。

而在这晚春的郊外，人也不少，不再行色匆匆，都是走走停停，看着身边的一切，笑容也那么灿烂，如春日暖阳。我喜欢看这时候的人，他们惊喜的笑容总能唤起心底的喜悦。如果任何时候，人们都能露出这样的笑脸，这个世界就不会再有冷漠了吧？

然后我就注意到了一个年轻人，他并没有像别人那般，看到美丽的就拿出手机拍照，他只是慢慢地走，慢慢地看，目光很柔和地抚过大地上的万物，似乎心也随之到达了一种很美很远的境界中去。

我就一直看着他，看着他，他转过头来，我就冲他很真诚地笑，很欣赏他这样对待春天的态度。结果，他的脸色立刻变了，由春天变成了冬天，似乎很厌恶地瞪了我一眼，那眼神，那神情，分明是在说："傻笑什么？你这个傻瓜！"

　　刹那间，就想起了去年秋天冲我笑的那个男人，于是我站在那儿，就真露出傻笑。

思绪的流萤

一

有个人，去过很多地方，包括国外的地方，而且乐此不疲。当有人问起他，每个地方有什么难忘的，或者有什么触动心怀的，他就会很茫然。回想起来，除了那无数张照片，似乎并没有留下什么。

也有个人，几乎都没有出过省，就是省内，去过的地方也有限。可是，如果要是有人和他闲聊，会发现，他就像不只读过万卷书，还行过万里路。对于某些地方，虽没去过，却能说出让人心动的东西来。

走过的路，真的不能代表你的格局有多大。有的人，虽然行遍天下，却依然禁锢于方寸之间；而有的人，虽然足不出户，却已经心怀天下。

二

在每一条路上，都有人在走。有人走得快，有人走得慢。有人半途而废，有人抵达终点。有人偏离了方向而不自知，在歧路上越走越远；有人却茫然不知所去，走到哪里算哪里。

如果说梦想是我们的归宿，又有几个真正抵达了那个心心念念的家园？于是都觉得很遥远，遥远得稍一松懈，便丧失了勇气。或者走着走着，便模糊了梦想与欲望的区别，追逐之中还以为是执着。

其实，并不是因慢而远，也不是因距离而远，而是因为方向的选择，终点才会变得遥远。

三

一个人偶然讲起，说是人到中年，性格磨灭，仿佛岁月的潮流冲平了许多棱角。他回忆起少年时，年轻时，义无反顾地去爱，义无反顾地去恨，义无反顾地去选择想要的。而在世事的风尘中，心里的那把火就渐渐熄灭了，在世态炎凉里，心中的热血也冷却了。日复一日地辗转奔劳，许多东西渐行渐远，再也没有了曾经的敢爱敢恨，想来不胜唏嘘，也倍觉悲凉。

而一个旁听者，却也想起了自己的半生。他从小就稳重内向，谨小慎微，总是压制着冲动，谋定而后动，或者没有十分把握，就避而远之。所以从小到大，无惊喜也无挫折，无功亦无过，仿佛从从容容，风平浪静。有时候他会安慰自己，平平淡淡才是生命的本真，是一种境界，有时沾沾自喜之余，却会莫名其妙地涌起一丝失落。

这两个人，到底是谁幸运谁不幸？或者说幸运与不幸太过，到底是谁悲谁喜？我总是觉得，没有过冲动，没有过义无反顾，没有过碰壁，那还叫什么生活？

四

每个人的一生中，都要哭过无数次。那些泪水，悲伤的，喜悦的，感动的，委屈的，总是因为一些人，或一些事。而又有多少次，我们是为自己而哭呢？为自己而哭，不是为自己的遭际，不是为自己的不幸，不是为自己的某些心情某些经历，就是单纯地为自己。你有没有过那样的时刻？莫名其妙地就落泪了，又找不到具体的原因，也没有悲喜之情，而泪水却不期而至。也许那并不能称之为哭，哭，总是要带着某种情绪的，而彼时的泪水，却清如山泉。

那些落在自己心上的泪，才能洗去生命的尘埃和许多苍凉。

五

人在非病理性失眠时，一般会想两方面的事。一个是焦躁着的困扰着的事，一个是兴奋着的幸福着的事。一种是因心情不好而失眠，一种是因心情太好而失眠。

可有时候，却是那种没有原因的失眠，因为睡不着，所以才会想起许多事。那些事与悲喜无关：或是很久远的早已蒙尘的；或是憧憬中的理想的；或者天马行空，情节并不连贯，许多念头生生灭灭，此起彼伏。不过却有着共同的特点：轻松，自由，就像儿时那种无忧的心绪。

所以，我喜欢这样失眠。

六

少年的时候，家在乡下，看着满院的禽畜，有时会为它们的命运而悲伤。可是，鸡依然欢快地觅食高唱，猪依然无忧地酣眠，大鹅依然优雅地漫步，鸭子依然不住地大笑。我会想，如果它们知道自己的命运，还会如此悠然自得吗？

假如世上真有算命极准的人，我估计许多人不会去算，未来的事事都了如指掌，那会是怎样的心情？有时候，这样的无知，反而是幸福的。

正因为无知，我们才会快乐，更重要的是，我们才会有梦想和希望。

无事忙

　　其实现在许多人都是这种状态，每一天忙忙碌碌，可是晚上躺在床上一回想，却又似乎没做什么事，仿佛白日里那些琐碎着的，都是无关紧要或者并不必要的种种。于是一天天这样过去，并没有充实的感觉，反而疲累至极。

　　所以，除了时间紧迫之外，和无所事事并没有太大区别。而自己想做的事，心里最初的那个梦想，早被这些不知所谓的忙碌挤得烟消云散。或许有人会说，可能是为了生活，而去忙那些并不喜欢的事。其实抛去生存的那方面，就算我们不再为生存不再为生活而发愁的时候，也还是会为一些汹涌而来的事浪费掉一整天的时光。

　　《红楼梦》里，大观园诸芳结海棠诗社，各起雅号，宝钗给宝玉起了个"富贵闲人"，说天下难得的是富贵，又难得的是闲散，这两样宝玉却兼有了。按理说，富贵闲人，便应无事了吧，可是，他的事却着实不少。每日里忙得不亦乐乎，所以，宝钗又给他起了个"无事忙"的外号，真是贴切无比。可能许多人会羡慕宝玉的这种生活状态，无忧无虑，万事随心。其实细想起来，他被困囿在大观园里，几乎与世隔绝，每日里除了饮酒赋诗、寻欢作乐，便没有更自由的生活，也许更像金笼中的鸟，即使歌唱也是苍白的。

在我们身边，这种富贵闲人更是不少，由于衣食无忧，又无工作可做，每天都是自由随意的。可是他们并不闲，一样忙得没有时间，而这样没有目的的忙，或者没有坚持的忙，便如杂草丛生，不知不觉光阴便已荒芜。

无事忙和有事忙的区别，就是前者看似忙着万事实则空无一事，而后者却只是为了一事而坚持而执着。前者忙过之后，可能会涌起一种无力的空虚感，而后者却于汗水疲惫之中，有着一种愉悦和充实。而且，无事忙的，是真的觉得自己很忙，而有事忙的，由于长年的坚守如一，所忙之事已成为生活甚至生命的一部分，所以反而不太觉得自己很忙。

我也偶尔会有那样的时候。比如某天要给自己放个假，可以不看书不写字，换一种生活状态。于是走出房子，访友，闲逛，空谈，竟也是不得闲暇。也许这就是无事忙的状态，只是短短的一天，并没有深切的体会。只是一假想，如果日日是这种状态，便觉得不寒而栗。所以，还是更热爱现在的生活一些，毕竟有事可做，可忙，心灵还有个寄托。

但这并不说明我不想做个富贵闲人，有谁不想做呢？没有了生活方面的后顾之忧，可以专心做自己想做的事，多好！只是，也许到了那个时候，没有了某种压力，也许心就散了，飞了，便不知不觉地把梦想丢了，便顺其自然地成了无事忙。不过那还是很遥远的事，也许我一辈子也成不了富贵闲人，且把那个当成一个目标，这样，忙起来也有个方向。

于是这样一想，便觉得，无事忙，也是要有条件的，就算不是富贵闲人，也得有着高收入，或者有自己的生意，至少也要有一个稳定的工作。像我这样，一样都不占的，想这些就是杞人忧天。所以，不管有事也好，无事也罢，我还是忙我的去吧！

到底是不是狗？

父亲第一次带我去哈尔滨时，我还不到十岁，那是 20 世纪 80 年代初的一个春天。头一回去大城市，从老火车站里出来，我的目光就被眼前的高楼大厦拴住了，努力地想去数楼层，还一个劲儿地问父亲："这个电子咋这么大？"那时就忽然明白，为什么城里人叫我们"屯迷糊"，在这眼花缭乱之中，见惯了草房田地的我，又怎么会不迷糊呢？

父亲的朋友家其实在郊区，等我们到的时候，已经快中午了，虽然没有市里繁华，但也远比我们呼兰县城热闹多了。这家有一个和我一般大的男孩，很快就混熟了。他很自豪地带我去参观他家的菜地，他说他家是种蔬菜的，有着很大一片地，说得眉飞色舞。可是到了一看，我却大为失望，才那么点儿一块菜地，比起我们村外无边无际的农田，简直什么都不算。于是我毫不留情地打击了他，他很沮丧。

不过他很快就找到了让我服气的办法，就是带我去看飞机。

那里离飞机场不远，我们走了好一会儿，看到不远处跑道上停着几架大飞机，还有一架飞机正呼啸着冲天而起，之前我只看过高空中飞过的飞机。此刻，这么近地看飞机，居然这么大！我震惊了，也确实服气了。

回去的路上，我一边恋恋不舍地回头张望，一边又为自己刚才的服输而懊恼。回到他家的时候，正好邻居家的一个女孩正在门口玩，怀里抱着一个可爱的小东西。我下意识地问："她抱的什么？"他很得意地说："是狗啊，这都不认识！"

我立刻反驳："这才不是狗！我们屯子家家有狗，哪有长这么小的狗？哪有长成这样的狗？"没想到那个小女孩居然也说是狗，她把那小东西放在地上，我怎么看都不是狗。他俩一起和我争论，我气愤地说："还没有猫大，还说是狗，它能看家吗？"争来争去，男孩想出一个办法，如果它也是汪汪地叫，就说明它是狗。可是，那小东西被我们逗了半天，也没有吭一声。

我们争得不可开交，差点儿就打起来。这时候，男孩的母亲出来了，女孩的爷爷也出来了。女孩的爷爷听了原委之后，盯着小东西看了几眼，说："这不是狗！"女孩立刻不愿意了："可它明明就是狗！"男孩的母亲也笑着说："它不是狗！"女孩就有些疑惑了，男孩也蒙了，我则得意扬扬。

回村里以后，我和伙伴炫耀近距离看飞机起飞的事，他们都是羡慕得不得了，一个劲儿问我哈尔滨是啥样的，我给他们讲了讲，他们的眼中就飞出了大片大片的憧憬。又问起我城里的孩子是不是很不一样，我撇着嘴告诉他们，没有多厉害，连狗都不认识，居然把那么小的一个东西当成狗。于是我们都笑，狗我们太熟悉了，城里小孩连狗都认错，可见也没强到哪里去！

其实，回来的路上，父亲告诉我，那确实是一条狗，可我就是不信，因为那个爷爷和那个大婶都说不是狗了。直到多年后搬进城里，见识到了种类越来越多的奇形怪状的宠物狗后，才明白当年的我是多么可笑。那时一直以为狗就是村里那种大大的笨狗，或者血脉不纯的狼狗。只是一想起那个老爷爷和那个大婶，想起他们怎样小心地维护着一个农村孩子的自尊，心底的感动就会如阳光般漫流，温暖着最初的岁月。

只是，在城市里生活了三十年之后，看到大街上公园里，看着很多人怀里抱着的各异的小狗，再回想时光深处家乡的那些狗，总会在刹那间有些恍惚迷惑，再次怀疑那些小东西到底是不是狗。

在一封信里真正认识你

　　我们几个面对着这封信已经犹豫了很久，讨论着到底要不要拆开来看看。信是写给你的，可是你已经消失了。

　　之前我们从没想过，你居然有一天会放弃学业。你一直是一个很聪明很幽默的人，而且极为热心。你总是会搞一些很善意的恶作剧，让我们又气又喜欢。你学习也很好，而且多才多艺，会吹笛子弹吉他唱歌，体育方面更是厉害，是校运动会多项纪录的保持者。

　　任何一个人退学，我们都不会觉得那么意外，可是你的离去却让所有人惊讶。你竟然是以突然消失的方式离开，我们找了你两天，就差报警了。然后老师终于联系到你的家人，才知道你退学了。

　　当然，你也有着我们所不了解的地方。比如你从不说家里的情况，也从不见你给家里写信，更没收到过任何来信。当时我们也没有多在意，可是当你走后，我们就根据这些有了许多猜测，比如你是孤儿，或者家里特别贫困，再就是家里特别富有或特别有权势，再可能，你是单亲家庭，又或者有后爸或者后妈。总之，我们的想象力空前活跃，可似乎哪一种可能都不能完好地解释你的突然离开。

我们也狠狠地抱怨过你，住在同一个宿舍两年多了，你竟然不把我们当兄弟，这么大的事也不和我们说一声，说走就走了，看来，我们在你心里也并没什么分量。可是抱怨过后，我们又想办法为你开脱，觉得你肯定有苦衷，或者你怕我们阻拦你，再或者你不想让我们失望难过。总之，你就这样无声无息地离开学校，离开了我们。

你这个坏蛋，给我们留下了一个谜。而眼前的这封信是这样地吸引着我们，两年多没见你收过信，偏偏你走后有信来，而且是从南方一个城市写来的。百爪挠心啊，说不定这封信里就有着我们想要的答案，而且，能偷看别人信件也是一种很大的诱惑。最后我们找到了很充分的理由：想把信转寄给你，又不知你现在的地址，而且万一信里有什么重要事情耽搁了怎么办？我们是好朋友，你不在替你看看信，想必你知道了也不会怪我们。

我们终于说服了自己，小心地把信封拆开，里面折叠着两张纸，迫不及待地展开，第一句话就让我们无言，且气且笑："傻小子们！我就知道你们肯定得偷看这封信，这下意不意外？惊不惊喜？没想到是我写的吧？我就是给你们看的……"你这个家伙太可恶了，这个时候居然还来这么一招，果然是那啥改不了那啥。

虽然又被你捉弄了一次，我们还是赶紧看信。在信里你给我们讲述了你的想法。你的家庭不富贵也并不贫穷，只是普普通通的人家。你的爷爷奶奶都曾是老师，你的父母也是老师，甚至你的两个姐姐也是老师，所有家人都希望你成为老师，你也一直听从着他们的安排。可是你的心里，却有着更广阔的天地，你不想再当老师了，并不是老师不好，相反你为自己家有那么多老师而骄傲自豪。你甚至不想再继续读师范了，你挣扎了很久，想着如果以后不当老师，为什么还要继续在这里蹉跎下去呢？

最后，你还装模作样地让我们好好学习，毕业后好好教书育人，你这家伙自己都半途而废了，还有脸教育我们？你说你现在在那个大都市里打工，很自由，很舒畅，这分明就是馋我们嘛！不管怎样，看了信，我们算是放下心来了。

毕业之后，我们几乎都没有当多长时间的教师，就被各种事物诱惑着，辗辗转转地去追寻自己想要的生活。可是我们都没想到，竟然失去了你的消息，偶尔小聚，有时会恨你，你这家伙毕竟起步早，是不是这些年混成了大老板，就不屑于理会我们这些贫贱之交了呢？既然你不理我们，我们也不好意思去主动寻找你这个大老板的联系方式了。

没想到毕业十年以后，终于有了你的消息！现在都通信发达到这种程度了，你竟然还愚笨到写信给我们，不过你也真是有两下子，竟然把我们几个的地址都找到了。后来我们交流了一下，你写给我们的信，内容大同小异，而我们的震惊却是相同的！

不得不说，你这小子让我们生气也让我们快乐，让我们震惊也让我们惭愧，你居然，你居然，在社会上拼了四五年之后，又去了一个希望小学当了一名教师！

第三辑
只为给你写封信

　　二十年的时光，一封信从遥远处飞来，载着那个女孩所有的努力，化作我心里的一颗种子。那么多的世事沧桑，此刻全都变得生动起来。

头脑里的不速之客

又困又乏，很快睡去，只是怎么梦中出现一局棋？然后车马炮纵横，为每一步而绞尽脑汁。有时候却是似睡非睡，似梦非梦。如果说是在睡梦中于楚河汉界间厮杀，每一步又那么清晰，每一个念头又那么细微；如果说是在清醒时所想，整体却又有些朦胧。于是，累，如影随形。豁然而起，猛甩头，把那些棋子甩出去，冷水洗脸，浇灭那种痴想。脑袋清醒了一下，重新钻进被窝，再度入睡，象棋还是不请自来。

那段时间，每天在公园里和别人下棋，偶尔也去参加比赛，晚上回来还要打一些棋谱到深夜，对象棋痴迷到了一定程度。于是晚上就出现了那样睡梦不安的情况，可一次次虔诚地梦入神机，棋艺并没有什么飞跃性进步，反而每天精神不振。

这样的状态上学的时候有过，在书山题海里跋涉一天带半夜，于是无论是睡着前的心里还是睡着后的梦里，各科试卷各类题型纷至沓来，甚至会具体到一道大题的解答步骤，所以搅扰得梦里梦外都不得安生。没想到学生时代的学习经历，影响竟会极为深远，告别校园二十年，有时候依然会梦到考试，或者迟到，或者一道题都不会，或者找不到笔，或者内急，总之是一塌糊涂，成为不散的噩梦。

也是学生时代，高考前，由于紧张焦虑睡眠不好，再加上一次意外惊吓，便引发了偏头痛。偏头痛来势汹汹，只三四天的时间，便折磨得我无法去上学了。那是一种神经痛，风吹到头发会痛，走路时脚步的震动会痛，甚至看到刺目的光听到刺耳的声音，也会痛。而且不是那种平稳持续的痛，而是一股一股，一跳一跳，一波一波，如浪起伏又连绵不断。很奇异的是，那种痛每跳一下，头脑中就会蹦出一个知识点来，可能平时装的东西太多，一刺激就说不定把哪一部分给炸出来了。

学生时代给我留下的第二个深远影响就是偏头痛，在后来那么多的岁月里，有时候着急上火，还偶尔会犯。一犯就会想起当年那种起早贪黑的学习生活，只是在一跳一跳的头痛中，再也蹦不出什么东西来了。在时光的流逝中，每天脑子里看似满满实则空空，如果不是偏头痛来刺激一下，平时还真意识不到那些忙忙碌碌都是空虚。

而且很美好的东西，如果在头脑中盘旋久了，也会厌烦。有一些歌曲或者音乐就是这样，不知是怎么回事，可能旋律有着某种魔力吧，总之听完一遍，然后一整天便在头脑中自动循环播放，让人欲罢不能。开始的时候还觉得不错，走到哪里都自带背景音乐，时间一长便烦躁不已，美好的音符化作无数只苍蝇在脑海中驱之不去。

不只音乐，少年时有很长一段时间迷诗词，从读到背，然后研究格律，试着去写去填，魔怔了一般。便深刻地理解了《红楼梦》中香菱学诗的那种状态，真是睡梦中还在寻章摘句反复推敲。有时候梦中果然能偶得好句，如有神助，只是醒来却茫然记忆不起。这样的状态久了，便会有一阵子特别讨厌诗词，把各种诗书全发配到偏僻的角落，因为一看见，就会引发头脑中的那些诗句无休止地闪现。

待慢慢平静一段时间，再重新拾起，很惊喜地发现，我的诗词理解和创作水平竟然有了明显的提高。看来适当放一放是一种缓冲和消化过程，日日在心底沉浸，有时效果反而不好。

后来练习写小说，一下子沉入到自己虚构的世界中去，于是各种人物的命运、各种矛盾冲突，不停地在心底上演，数不尽的可能性，连做梦都是一些离奇的和小说有关的情节。可见，真正热爱某件事的时候，那件事就会在头脑中悄悄地生根，迅速地生长，开枝散叶，虽然有时会烦，会厌，却都是真实的眷恋。就如相思一般，明知相思苦，偏要苦相思，就是因为爱恋。

所以，再有什么东西在头脑中流连不去，反复困扰，我也不再去刻意对抗。顺其自然，真正热爱的，自然会慢慢沉淀化为己有；无关的，不加理会，也就渐渐销声匿迹了。

这有什么用呢？

有一年曾有一个朋友满心失落地找到我，听他诉说之后，知道他并没有遇到什么挫折打击，也没有什么悲欢离合的大事，就是一种所求不得的烦恼，或者对当下生活不满的抱怨。当时我正是写了很多哲理感悟类文章的时候，觉得自己可以作为他的心灵启发者，于是就带他出去闲走。

在一条潺潺的小溪旁，我问他有多久没体会过赤脚站在流水里的感觉了，他说只小时候有过。于是在我的带领下，他脱了鞋袜挽起裤管，我们一起走进细细的清流里。如果没有过这种经历，是想象不出那样的感受的。清澈的溪水轻轻抚摸着肌肤，柔而暖，能感受到每一滴水的足迹，而脚底的细沙软软，脚掌有着微微的凉与痒。人就像生了根，一种舒适的力量流淌向全身，我有着一种凡俗顿忘的惬意。

他也觉得很舒服，有着片刻的释然，然后问我："可这有什么用呢？总不能一辈子站在水里！"我耐心地开解着他，说这种感觉多好，只要留心，生活中能给他这样美好感受的事物和时刻是很多的，何必为那些已失去和未得到的烦恼呢？用心珍惜当下，才是最好的活法，才是最好的感觉。

他却说："感觉好有什么用呢？自欺欺人嘛！过上自己想要的生活，那才是真的好！"我争辩着："那不是你想过上就能过上的，所以你想多了就是烦恼，就算你过上了你想要的生活，吃好喝好，生活舒适，人前有面子，可那又能怎样呢？"他说："那样，感觉好啊！"我有些无奈："你刚说感觉好有什么用呢，现在你的感觉也好啊！想要感觉好，有很多方法！"他却梗着脖子说："感觉和感觉不一样，你说的感觉都是虚的，我要的是那种实实在在的感觉！"

有些话不投机，那一天我们不欢而散。可是一琢磨他的话，却有些迷惑，明知道有哪里不太对劲，却又想不清楚。其实，只要一想"有什么用"，似乎一切就都失去了意义。荣耀名利，鲜花掌声，身处其中，就算感觉再好，那又如何呢？痛苦的时候，不疼不痒的安慰有什么用呢？见不到的时候，说想念又有什么用呢？人总有一死，那么，我收藏了这么多书、写了这么多字又有什么用呢？书和字留给后人，自己却感知不到，又有什么用呢？

这样一想，人生就如梦幻泡影了。有人会说，要的是过程，过程才是重要的，归根结底，还是一种感觉，那有什么用呢？是不是觉得苦海茫茫，我们所做的一切都是没有意义的，都是无用功？这是一种很复杂很深奥的方向，似乎要归入宗教的范围，需要用一种信仰来抵御这些绝望。

我开导人不成，却反而被带到了一个泥潭里，到底是哪里出现了问题呢？想了很久后，某个刹那忽然明白，我被那个朋友给带得偏离了重点，怎么就从"感觉"到了有用无用之争呢？我本来是想从"感觉"说到"态度"的，却在争论中没有抓住要害从而滑入歧路。

　　我那天，在溪水之中应该对他这样说："你想要更好的感觉，只是一个劲儿抱怨又有什么用呢？抱怨就能得到你想要的那些吗？抱怨就能挽回你失去的那些吗？态度才是决定你感觉好不好的关键！"

难受往北走

有一年不知怎么回事，总是难受，或心情，或身体，有时候心情一般身体也无恙，却依然提不起精神，百无聊赖。常听人说"难受往北走"，虽然知道是一句玩笑的话，可能因为"难"与"南"同音，才有这个说法，可是那个初秋的午后，难受的我，还是决定往北走试试。

出门是水上公园，沿着人工湖向北走不上五分钟，就进入一个幽静的所在。绿草肆无忌惮地蔓延着，那片林木葱茏，把阳光切割成一地支离破碎的光影，风穿梭其间，捡拾着不断垂落的鸟鸣。人工湖到了这一处，就有了些野生的意味，水光濯洗着我的目光，于是目光随意游荡，都能使空气漾起朵朵的涟漪。

想起儿时村西的那个水库边，遗落了我多少无忧的笑声；想起少年时的呼兰河畔，生长过我多少寂寞中的心事。在匆匆岁月里，每一处水畔都能唤醒我遥远的回忆，天下的水同源或同归，如不绝的乡愁，使往事总有一个温暖的来处，使心总有一个永远的归处。

所以在这一小片清幽之所，我总是走得很慢，走到尽头，便是车声扰攘的北环路。此时难受已减轻了大半，那就继续向北走吧。横穿过北环路，便是长长的河堤。顺着那十几级台阶往上走，一座山就从头顶大堤的对面慢慢地生长起来，渐渐显露出整个身躯，在河对岸绵延着。河也随着山势蜿蜒着，曲折如半生走过的路。

人生最苍凉的，莫过于新愁断旧梦，莫过于青山对白头。既然心底依然有着愁绪，我便沿着大堤逆流而上，不过三五百米，便是一座横在河上的悠荡桥。摇摇晃晃地走在桥上，流水在脚下日夜不息，可我却分明感受到"桥流水不流"的错乱或超然。就像很多时候，分不清是时光飞逝还是我们飞逝。

过了桥是一条沿山的极为静寂的路，跟着山走，跟着河走，兜兜转转地走在山水之间，心中的块垒不知不觉地化作一地斑驳的影子，踩在脚下，抛在身后。许多事都是如此，身处其中时只觉纠缠不休无力摆脱，可似乎只是刹那间，一切就都走远，远成过去。在人工湖畔神飞之时，也只是不到半小时之前，可这一刻，我已身在河的北岸，模糊了过程，只觉一生都如弹指，上一刻彷徨，下一刻天涯。

我生长在松嫩大平原上的一个小村庄里，虽然那时候很向往远方，虽然那时候总是看着村东南方向极遥远处的一抹淡淡山影发呆，可是从没想过，有一天我会一直向北，走进小兴安岭深处。我是多想一直向南，进山海关，去拥抱那一片广阔的天地。可命运注定往北走，是不是说明生命的最初就准备好了难受？其实，哪个人一生的行迹不是身不由己呢？就算去了想去的地方，久了，依然会觉得别处最美。

走着想着，当眼前一片开阔时，便也就释然了，至少是能暂时放下许多东西了。从另一座大桥回到河的南岸，阳光的足迹那么清晰，长长的风跑过河面清清爽爽地拥抱着我，一朵云把影子投在前面，慢慢地引领着我向着一个美好的去处。多好啊，没有什么可难受的，就算以后再有难受的时候，向北走就好了。

睡着了

　　十年前，我给小学生讲作文，让他们描述一下各种禽畜睡觉的样子。结果，他们充分发挥了想象力，发言也很积极，我很无奈地看着口头作文成了童话比赛。

　　城里的孩子很难见到乡间的鸡鸭鹅狗猪，即使见到，也是匆匆一过，无暇细看。而现在乡下的孩子，虽然不太可能像我当年那般仔细观察，但日日熟视，想必还是能说出一二来。而在我的心里，那是曾经多么有趣的事，即使多年后回忆，也会唤醒美好。

　　春日的午后，鸡会跳上窗台，迎着暖暖的阳光小睡。我经常隔着一层玻璃看它们，它们睡态各异：有的单足独立，把头颈歪着插进翅膀根部的羽毛里；有的伏卧在那儿，脖子缩回，闭着眼，薄薄的眼皮像一层浅白的膜；有的蹲着，却睡得并不深沉，偶尔张开眼睛，与窗内的我对视一眼。有时我一敲玻璃，它们便全都豁然而醒，惊慌四顾，然后叫着飞跳下去。

　　盛夏的白天，花狗总是躲在门后或墙根的阴影里，像是假寐。

阳光在不远处大朵大朵地洒落，它的尾尖偶尔轻摇，耳朵却经常抖动或竖起。与慵懒的同伴比起，花狗一直都是精神的。一有动静，便翻身而起，睡意全无。

猪是最惬意无忧的，或者卧在自己拱出来的土坑里，或者倒在圈里的干草上，全无形象，鼾声如雷，偶尔似乎是做了吃东西的梦，嘴巴不住地咀嚼出声。它们睡得不管不顾，有不肯午睡的鸡从它们身上走过，它们也毫无反应，甚至有时我踢它们两脚，它们也只是哼哼几声，睡姿依然。

邻家的马站着睡觉，后来我发现，村里所有的马都站着睡觉。据说马躺下的时候，不是病了，就是死了。邻家白马睡觉的时候，头只是略略低下些，大大的眼睛闭着，一动不动。有时尾巴会甩几下，有时身上的皮肤会突然快速地抽搐一下，以驱赶落在身上的蚊虫。马睡得很短，而且可以随时醒来干活儿，似乎看不出它们的疲累，任劳任怨。

其实我更喜欢檐下的燕子，夜里，梦呓般的呢喃细语便垂落在我的枕畔。我只是在最热的午后，才能看到它们在巢里的睡姿，也只能看见小半身，闭目偏头，安静而安详。

我曾经的家园，因为有了它们，而增趣生姿。离开故乡三十多年，在钢筋水泥的城市里，带着泥土气息的一切飘摇远去，也再没有闲情去看一个小精灵的午睡，眼中所见，都是让人烦恼的种种。城市的生活，就像睡着了，一场梦游，却往往多是噩梦。

失去了土地的怀抱，许多的憧憬就枯萎了，再繁复绚烂的想象，也难以掩盖那种苍凉。心灵就像是睡着了，再难感受到那种本真的美与好。

未老莫还乡

其实，很多时候，人们离开家乡无外乎两种原因，主动的和被动的。主动的，是想去追求一种更好的生活；被动的，是无奈之下被迫离开。我家乡的那些伙伴，后来也都离开了，一些是为了向往，一些是为了生存。我离开得早，那是因为家搬进了县城，父母搬家，也是为了追求更好的生活。不过我知道，即使不搬家，我也会通过考学离开的，只是提前了一些年而已。

而就是提前了那些年，使得我在小小少年时，就饱尝了离别与思念的滋味。那些复杂的滋味随着成长而成长，如果是青年时离开，也许就会少了那种日月积淀的厚重苍凉吧？少小离家，在生命中留下的印痕，重叠着温暖与苍凉。温暖的是回忆，苍凉的是离开后就再也回不去了，回去的，也不是曾经的故乡。

第一次回乡，是离开两年后，那时候故乡的变化并不大，每一步都唤醒着亲切和温暖。就像是曾经去县城里的亲戚家串门，多住了几天回来后的那种感受。可是我知道，这个村庄里已经没有我的家了，不管我多少次归来，不管归来住多久，都已不再属于这里。离开便已是客，归来永远是客。

后来回去的次数越来越少，故乡也在每一次的重逢中，渐渐面目全非。思乡之情，回乡后却越发强烈，一颗心无处安放。面对沧桑，便发现，真的是一旦离开家乡，就永远回不去了。其实，也许故乡并没有多大改变，只是我在一次次的回味中，无限地美化了曾经的一切，故乡已成为生命中的一个理想国度。所以当看到真实的种种，便觉得有了巨大的变迁，也有了巨大的落差。

走得越远，故乡的范围越大。在县城时，会觉得那个小小村庄是故乡；在省内别的城市时，会觉得小小县城是故乡；去了省外，会觉得黑龙江是故乡；进了山海关，会觉得东北是故乡。于是我猜想那些在海外之人，应该觉得中国就是故乡了。所以当我离开了呼兰县城，来到小兴安岭深处，思念已不局限在曾经那个让我魂牵梦萦的村庄了，呼兰河夜夜流入梦中。

父母后来离开了家乡的县城，来到我这里，为了给我们照看孩子。所以父母的再次离乡，不是主动或被动，而是因为爱。父亲生病的那段日子，经常和母亲回忆村庄的人和事。我知道，父亲是很想回故乡去看看的。可是父亲终是没能再踏上那片土地。父亲客死异乡，我知道，这是他的遗憾。所以三年后，当我送父亲回故乡入土为安，那一路上，我都在默默对父亲说："我们回家了。"

那个小小的村庄，已经有二十多年未曾回去过了。"未老莫还乡，还乡须断肠"，我人到中年，还没有进入老的行列，还乡，也会触目伤情吧？可是人老了，还乡依然会是物是人非，那就不会断肠了吗？也许，老了，经惯了漂泊冷暖，见惯了故人凋零，就通透了，无论物是人非，还是人物皆非，都可化作一笑或一叹。

韦庄的"未老莫还乡"，是因为他的故国家园已在战乱中倾圮，他的断肠是另一种伤痛。而我们曾经的故乡，也会在与岁月的碰撞中支离破碎，每一块碎片都会把柔肠割断。年轻的时候，还会回乡几次，虽然每一次都是更深的惆怅和更痛的别离，却是有所期待有所渴盼的。可是当亲人们都离开了，却不敢再去面对那种无可弥补的苍凉，故乡，只能在心底一次次重回。也许真的只有到了老的时候，才会踏上那一片生长着我最初岁月的土地，倚杖柴门，把目光挥洒成回忆。

所以，故乡已化成心底的一片雪，正等着岁月把它融化成一泓泪。

旧　恨

据说能在你成长的路上留下痕迹的人，不论好恶，终其一生也不会走出你的生命，即使在许多许多年以后，在你开始怀旧的时候，那些人也会于回望的目光里清晰可见。

于是在人过中年以后，我试着回望，时光的深处，果然很多人历历在目。四岁的时候，爷爷从县城里给我买来一把玩具手枪，可以发射塑料子弹。我拿着玩具枪在村里游荡，不知吸引了多少羡慕的目光。有一个大孩子，哄骗我把枪借给他玩几天，然后要给我什么更好玩的东西。于是我就答应了，可是那把玩具枪自此一去不返，每次朝那个大孩子讨要的时候，他都会威胁我。回到家我不敢说这件事，只是心里填满了怨恨。

一直到我家搬离那个小村子，那种恨还一直不曾消减。四十多年过去，我依然能记起那件事那个人，当然早已没有了恨，反而有一种不一样的感受，正因为那件事那个人，我才会记得爷爷给我买玩具枪，记得爷爷对我的许多关爱。如果没有那件事那个人，许多珍贵的往事也许早就被遗忘了。也许记忆有着一种不知不觉的伪饰功能，把曾经的愤恨悄悄装扮成了美好。

从而进一步想起曾经的许多旧恨，甚至在日记中发现，有些人当时被我恨得咬牙切齿、刻骨铭心，觉得就是到死也不会原谅。可是如今呢？如果没有日记，一切早化作来路烟尘。即使看着日记，也已无法让曾经的感受再次鲜活，更像是旁观着别人的经历。

恨与爱不同，更多的时候，恨并不会长久，而爱却会纠缠一生。虽然有时候，岁月和遗忘可以击退恨，也可以使爱溃逃，但爱却从不会败给恨。有的人因爱破裂而反目成仇，就像遥远的当年，曾经的一个少年，他在自卑与背叛的伤害中，深深的爱变成满满的恨，这个恨的确在他心底生长了好几年，他自己也说这是一粒种子，一粒一直不会干枯永远生长的种子。我们也因此相信，爱的反面是恨。可是三十多年的光阴过去，重聚，我们小心地提起往事，他却似乎很茫然，很久才想起丝丝点点。

于是明白，爱的反面根本不是恨，而是遗忘。如果有一天，当你老态龙钟之时，忽然有个老太太来到你身边说"我爱你"，你也许会惊讶；而如果有个人冲到你面前说："我恨了你五十多年了！"那么，你一定会感到震惊。想想看，一辈子去恨一个人，真是要比一辈子去爱一个人艰难得多。

所以一些怨恨都是笑着遗忘的，主动地或者被动地去遗忘。当我们记起来的时候，那种记得也并不是因为恨。岁月层层剥去那些负面情感，时光的河滤尽泥沙，剩下的，都是值得。

所以在长长的来路之后，在长长的时光之后，会在某个刹那温暖地发现，许多的旧恨，竟来源于旧爱。

舍不得酣眠的夜

　　总有那样不想睡的时候。很深的夜里，或者在同样醒着的灯光下看书写字；或者在黑暗的怀抱里，把那么多往事的碎片拼凑成一朵眷恋的光阴；甚至什么都不去想，与夜一起凝固或流淌。

　　当隐去了日间的所有芜杂，当嘈杂的声音与乱目的形色被夜色淹没，心里的琐碎也随之烟消尘灭。所以那是只属于自己的时光与静谧，与自己相拥，才是真正的温暖。不是失眠，不是没有困意，就是想与这样的夜多亲近一会儿。即使困了也舍不得睡，那种流连总是意犹未尽，不想让眠与梦来占据这段真正的时光，睡觉仿佛是一种辜负。

　　所以，如果是这样在深深的夜里无眠，怎么能说是熬夜呢？近年来总是如此，或者已成习惯，也明知道一直下去的话也许会对健康有损，可是为了贪恋与夜相依的平静与真实，总觉得是值得的。没有大喜大悲撩拨着神经，也没有烦恼扰乱着精神，在这种状态中即使睡得再晚，梦里也是难得的祥和。

在我还是小小少年的时候，就曾有过这样的一个晚上。那是一个初秋的夜，本已疯玩了一天的我，虽然疲累至极，却不肯睡。那是一种很莫名的感受，心里很柔软，柔软得就像要凝出清澈的露珠来。躺在炕上，可以感知从未留意的种种。细细的风挟带着南园里成熟的果蔬之气，从窗子潜入进来，悄悄栖在我的脸上。草檐下的巢里，偶尔有燕子的梦呓垂落。村南大草甸上的蛙鸣声起起伏伏，如浪般轻摇着小小的村庄。坐起身，看到天边一弯残月，弯弯细细，勾起了不知哪个角落里一只蟋蟀的悠长琴音。

我就那样呆呆地坐着，坐累了又躺下，就是不想睡。当对外界的感知淡下去之后，心底的憧憬便纷纷破土而出。现在想来，小小少年心中的憧憬都是那么纯净美好。那也是我第一次很认真地去憧憬，竟想得不能自拔。憧憬连同那个秋夜，都如一粒种子般，埋进生命的最初段。

可是之后辗转的很多年里，从故乡到异乡，横亘在最好年华里的那些夜晚，我曾多次想找寻那种舍不得睡的心境心情，却是不可求也不可遇。那是一种自然而然的状态，强求之下，就成了真正的失眠，成了真正的熬夜。

直到人过中年，许多的欲望尘埃落定，兜兜转转之后，在某个寂无人声的时刻，想起长长来路上的风起雨落，想起从年少以来所历的悲欢荣辱，却不再耿耿，即使是不堪回首的，此时也都带着暖意从记忆中依依而来。忽然明白，这个夜，不就是我一直期盼着的吗？当年埋在心底的那粒种子，终于在风尘之后的此生此夜，生根发芽，也许来得晚了一些，可是毕竟没有让种子腐烂。

多好啊，只有我和夜，还有美好的思绪，就那么相融着。那么，舍不得睡就不要睡吧，何时不能酣眠呢？珍惜这一刻才是重要的。这是只属于我的夜，只属于我的清思，与梦无关。

被猫狗所伤

我们在少年时代，是经常受伤的，手被碎玻璃划破，脚被生锈的钉子扎坏，被狗咬伤，被猫挠出血，而且那时候有些传染病也很厉害，可生活在乡下的我们，却根本不当回事，极少有打破伤风针或者狂犬疫苗什么的。现在想想，我们能平安长大，真是不容易。

那个时候，有哪个孩子不曾被狗咬过被猫挠过呢？而且，多是被别人家狗咬，被自己家猫挠。村里几乎家家养狗，自然会有一些狗铁面无私或者喜怒无常，于是总有小孩或大人被狗咬。不过通常的情况下，被狗咬不一定受伤，因为如果穿着长裤或者冬天的棉衣棉裤，顶多是把衣裤撕破。被狗咬伤一般是在夏天，穿得少，肌肤与狗牙直接接触，自然见血。

我家的花狗很厉害，每年被它咬的人都不少，咬坏了的，顶多是来我家要一缕狗脑门儿上的毛，回去烧了敷在伤口上，传说可以预防狂犬病。于是我家花狗的头上，多数时间都是被剪得沟瓠纵横。我也曾被别人家的狗咬过多次，其中比较严重的一回，是邻家的一条大黑狗。由于经常去邻家玩，黑狗对我很熟悉，我也经常喂它东西，可以任意和它打闹。只是不知那天它抽了什么邪风，或者是心情不好，我像往常一样和它闹，结果它突然就狠狠咬了我的脚一口，齿痕很深，很快就出了血，极疼。邻家主人把黑狗狠打了一顿，虽然那以后黑狗依然对我很热情，我却心有余悸对它避而远之。

我也曾被我家的花狗咬过，不过却是误伤。我向上抛着熟的土豆，训练它跃在空中准确捕食的能力。可有一次它动作提前且出现误差，一口叼在我手上，虽然没有太用力，手却被尖尖的獠牙划出一条口子，虽然只是表皮，却鲜血淋漓。当时我恼羞成怒，用力踹了它几脚。它不闪不避，伏低身子，任我打，连土豆也不吃了。而且它那一天都低眉顺眼地跟着我，直到我对它态度变好为止。

家里养着一只黑猫，我们也经常逗弄它玩，所以手和脸经常被它挠出条条血痕。不过我们浑不在意，它也没有觉得有什么不对。有一个下午，黑猫在炕上慵懒地卧着，闲着没事的我，就伸出手在它眼前晃来晃去，直晃得它来了精神，一跃而起，像人一样站立着想用两爪抓住我的手，我不停地躲闪，它就上蹿下跳地追逐。结果我没有躲过去，被它挠了一下，这一下抓得很深，我拎起它扔出窗外，脱手的瞬间它还不忘飞快地又抓了我一下。

黑猫老奸巨猾，而且记仇，它经常偷吃东西，有时候被花狗发现，它就炸着尾巴的毛与狗对峙。偷吃东西被打之后，它就会一怒之下躲出去，有时候一两天也不回来。有一次，亲戚抱着一个很小的小孩来串门，亲戚坐在炕上，小孩坐在亲戚怀里，黑猫不知啥时候醒了，飞快地在小孩的嫩手上挠了一下，立刻就血出如涌，小孩号啕不止。母亲拿起笤帚堵住没来得及逃跑的黑猫，打了几下，黑猫恶狠狠地挥舞着爪子，然后跳窗而逃。

没想到黑猫一去不返，从此就消失了。这在乡下是很常见的事，猫不像狗，根本谈不上忠心，家里穷它会走，家里人打它它也会走，毫不留恋，看似亲密的情感其实更像逢场作戏。不过那时对于黑猫的离开，我还是挺难受的，总是想念和它一起玩闹的日子。

三四个月后，已是深冬，有一天我去村东头的同学家里玩，忽然就看见了黑猫。当时它正在同学家的炕头高卧，我惊喜地叫了它一声，它懒懒地睁开眼睛，很不屑地看了我一眼，便冷漠地转过头去。

那一刻，被它挠过无数次都没有在意的我，忽然心里就狠狠地疼了一下。

没有故事的故事

也许是一直以来写作养成的习惯，走在路上，总是很仔细地观察自己的所见，想从中找出一些可写的东西来。比如一个行色匆匆的人和我擦肩而过，我会从他的表情中，来判断他要去做什么。就是诸如此类，并由此想象生发出一个故事来。

就像那天午后，我在城市边缘行走，那里许多破败的平房，有的已经倾颓，基本十室九空。听说原来这里要动迁建什么场所，后来不知什么原因停止了，搬走的人们也就没再回来，所以就荒废了。正慨叹之间，忽然看见一个八九岁的小女孩，正从一个荒草丛生的巷子里走出来，手里拿着一个空玻璃瓶。她似乎很开心的样子，脸上带着笑，走上大路，往几百米外的民居密集处走去。我便猜想她要去做什么，想象力如天马行空，边想边也往回走，远远地跟着小女孩。

女孩进了一家小卖店，出来的时候，手里的玻璃瓶装满了透明的液体，我猜想可能是酒。那么，就可以进一步去想，她会给谁打酒呢？而且现在买散装白酒的人很少，说明她家不是很富裕，而且很可能就住在那些破败的房子里。酒是给她父亲买的，她父亲可能每天干活儿很辛苦。我就站在那儿，看着小女孩从原路返回，又走进那个荒草没膝的巷子。

几天之后，依然是午后，依然阳光暖暖，我又走到城市的边缘。看到那个深深的小巷子，便走了进去。那些长长的草叶轻拂着裤管，惊起飞虫在阳光下乱舞，身畔随风流动着草气花香。便看到有一户人家的墙头和墙根都开满了扫帚梅，随着一阵簌簌的响动，几只鸡从草丛里钻出来，走几步就用脚用力刨泥土。然后就是突如其来的犬吠，一只狗扒在墙头上，露出一张凶恶的脸正对我怒目而视。土烟囱里还在升起淡淡的烟，木门前停着一辆三轮车，车上是一些很杂的物件。

这一刻，忽然觉得这一片破败废弃的地方，一下子充满了生机。在那条狗的怒吼声中，我正准备往回走，却看到那个小女孩正走过来，依然拎着一瓶酒。便问："你家在这儿住吗？"她有些戒备地看了我一眼，当看到那条狗在墙头上助威，便放下心来，说："对啊，我家就在这儿！"这时，木门开了，一个中年男人走了出来，对我说："你是找人吧？这里的人都搬走了，到城里去了，就剩下我们一家了！"道了一声谢，我慢慢地离开了那条巷子。

虽然依旧想象着这一家人的故事，却再没往那里去过。初秋的一天上午，我收拾家里的一些杂物，把一些没用的挑出来，正好外面有收废品的正吆喝，便喊了过来。看着有些面熟，忽然想起，正是上次小巷深处那家的中年男人。他竟然也还记得我，都有些亲切，聊天的过程中，他把那些东西都分拣好，装到三轮车上。我看他把一些旧书都整齐地放在一边，就问："旧书你不送去废品收购站吗?"他有些自豪地笑:"我闺女愿意看书,我收回来的挺多书,她都挑一些留着看!"

眼前就浮现出那个小女孩的身影,就和他说起他的女儿。他说孩子也在上学,就是在城郊那个没几个学生快要被合并掉的学校,学习挺努力,没事喜欢看书。还能帮家里干活儿,也能做饭。孩子的妈妈在郊区一个市场打扫卫生,每天也是早出晚归。我问他,别的人家都搬走了,他家怎么没搬。他有些不好意思,说并不是想当"钉子户",是实在太困难,租房子的钱都没有,就一直住着,想着啥时候要扒房子了再搬出去。后来这事无疾而终,他倒是很欣慰,说那里动迁并不给按面积换楼房,再说他家那么小的房子,给的那点儿钱也根本买不起楼房,这样正好,还能维持。

我又很随意地问他,他家里是不是有什么让人特别难忘的故事。他就笑,很老实地告诉我:"我们这样的人家,哪有啥故事,够吃够住就行了,别有什么不好的事找上来就烧高香了。孩子能好好学习,也算有个盼头!"

提到孩子,我赶紧找了一些适合她那个年龄看的书,送给他,他高兴得一个劲儿说谢谢。临走的时候,他在车上拿了一个小东西给我,一看,是一个小小的铜铃铛,看着很古老,十分精巧,上面还镌了花纹,里面垂着的小铜珠上面居然还有字。我觉得这是一件很珍贵的东西,便还给他,告诉他这东西可能值不少钱。他笑着摆手不接,跨上三轮车走了。

我轻轻摇着铃铛,声音极悦耳,就像他那些朴素的话语。虽然他家并没有什么让人难忘的故事,可是我觉得那种平凡的生活,以及在平凡生活中正在发生的种种,才是最动人的故事。

只为给你写封信

　　春天刚刚过去的时候，我回老家办些事，由于老宅一直空着，身处其中，仿佛周围只有往事拥挤。所以当敲门声响起，竟吓了一跳。是老邻居，她家几十年未动，一直坚守故地，也许是我唯一熟悉的不变。邻家阿姨递给我一封信，说是收到一年多了，一直没机会交给我。

　　很奇怪，怎么会有人把信寄到老宅，而且，在这个年代，信已是很古老之物。看信封上的寄信人地址，是一个遥远的山区，有些熟悉。仔细回想，记忆的迷雾散尽，二十年前的往事清晰如昨。

　　当时正是暑假，学校让我们去山区社会实践，我所去的，便是那个地方，极为偏僻落后。整个破落的学校，也没有多少学生，不过喜欢和他们在一起，用他们纯澈的目光濯洗心上的尘埃。那时，每天的晚饭村里安排我去每一家轮流吃，在那些人家里，感受最多的是一种发自内心的热情，就像漫山的花木，不知不觉间就已经浸润进心灵深处。一个叫张利的男生家，给我留下的印象最深。他有个姐姐，十三岁，瘫痪，两条腿极细，长年坐靠在炕上。第一次见到时，她正拿着一本书在看，抬头看向我时，眼睛很亮，就像天边刚亮起的星星。

张利的姐姐叫张英，她一直在看弟弟的那本语文书，时而问弟弟她不认识的字。张利就说："老师在这儿，你直接问老师啊！"她看了我一眼，有些羞涩。后来张利告诉我，他姐姐非常羡慕他能上学识字，她就让他教她认字看书，每天坐在炕上，看着弟弟以前的语文课本，就会觉得很有趣。那个晚上吃过饭，我听她给我读书到很晚。直到走到夜色里，她的声音仍在耳畔，就像长长的风，带着暖暖的感动。

后来，有时天气晴好的周末，张利会把姐姐背到学校，然后我教她读书识字，听她念那些故事，给她讲外面的世界。张英更喜欢我带来的那些书，可是渴望之余，她却说："我还读不下来呢！等以后我认识更多字的时候，再向老师借来看！"有一次我教学生们作文，正讲到书信体，然后就引来这个小丫头一连串追问。她开始时甚至连信是什么都不清楚，我便告诉她，信就是写给远方的人的，她却说："可我认识的人都在身边啊！"我说总会有认识的人离开的时候的，她又问为什么要离开呢？最终让她明白了一些，她又问："老师会离开吗？"我点头，她就黯然了。沉默了一会儿，就让我教她写信。

我轻轻地剪开信封，两张折叠得整整齐齐的信纸，打开，第一行："老师……"仿佛耳边依然是那略带羞涩的声音，面前依然是那双明亮的眼睛。字迹很工整，看得出硬笔书法还是很有功力的，由此可以想象，这二十年来，她是如何努力。当时她很少写字，识字都是通过看字形硬记下来，还是我鼓励了多次，她才很陌生地拿起笔，小心翼翼地照着写下第一个词，第一个字是"老"，第二个字是"师"。

我一字一字地看完信，心里就像尘埃飞尽，刹那间开满了千朵万朵的花。信并没有写多长，也没有写她这些年怎样生活，多是回忆曾经在一起的那些日子，虽然很短暂，却是共同的经历。我在那个小小的山村，只待了不到一个月的时间，走的前几天，张英让弟弟背着她，每天都在放学后去学校，什么也不说，就是练习写字，反复地问写信的具体问题。她说，以后等她觉得自己学得可以了，就写信给我，并要了我的地址。我走的时候，弟弟背着她，送我，她依然没有说什么话，眼睛看着我要去的方向，仿佛看到很远很远的地方。

信中说："我练习写字，就是为了给老师写封信，可是后来，一年年过去，每当我觉得自己可以写信的时候，弟弟都会告诉我，老师现在很厉害，是作家，发了很多文章，又出版了什么新书。然后，我只好继续学习，也考了自考，也发了文章，可是，这些都是生活的附属品，其实，我这一切真的只是为了给老师写封信……"

心里软软的，满溢着感动。我知道，即使没有我在，当年的那个小女孩也会一样努力，从我第一次看到她读书的样子，看到她的眼睛，就已经明白。虽然她没有说她生活的状态，可我想也一定是有着无尽的美好和希望。二十年的时光，一封信从遥远处飞来，载着那个女孩所有的努力，化作我心里的一颗种子。那么多的世事沧桑，此刻全都变得生动起来。当我想起曾经的小女孩的执着，我用二十多年没有写过信的手，给她写了封回信，仿佛一个故事的终结，仿佛另一段美好的开始。

眉眼盈盈处

　　时光像拘不住的风，仿佛只是刹那间，就携着所有的眷恋远去了。从大平原来到小兴安岭深处，想来已经整十八年，从青年步入中年，那么多的岁月就在山水之间消散。如叶上晨露，如岭上流岚，一程一程的光阴接踵而来，又次第谢幕。

　　少年时生长在松花江北岸的一个村庄，村南是一大片草原，东南方向遥远处，便有一带山影，我便常常神飞其中。对于山的渴望，是平原的孩子与生俱来的一种心情。或许是受童年那种渴望的吸引，多年以后，我竟然真的来到了大山深处，而且度过了最好的年华。

　　记得初来的时候，一个夏日的黄昏，我独自沿着一条街向北走。走到一条横着的河旁，大堤上许多人在散步。对岸便是连绵的矮岭，沿河逶迤，上面绿树丛生。一条路越过河流，隐没两山之间，让人神往不已。我是第一次如此近距离地看山，就像隔着岁月的河看曾经的渴望，有着一种巨大的亲切感。凝望那条通向山间的路，忽然就想起了席慕蓉的《山路》，虽然山坡上没有新茶，也没有细密的相思树，而那一片青翠依然触动着心底的诗情。

那个傍晚，我并没有踏上那条山路，也许还没准备好一种心情。

现在已经记不清是什么时候第一次登上那座山的，只记得那是一个美好的季节。山花红紫树高低，踩着一地的鸟鸣，心情和脚步一同起伏。喜欢山脚下那条弯弯的河，更喜欢山间潺潺的溪水，水声濡湿了心，也濯洗了疲惫。这一切，足以放牧久困的灵魂。

"水是眼波横，山是眉峰聚。欲问行人去那边，眉眼盈盈处。"

我不知道宋朝的王观是在怎样一种情怀中，写下如此生动的词句的。仿佛只是刹那之间，山水便充满了情意，成为一种可以与人交流的存在，身心便与天地自然交融。我觉得那不是一种忘我，而是与山水间的一种温暖的交流，是一种默契。也不是一种禅意禅境，水穷云起是禅，而水眼山眉，则是尘世最暖的情感具体到万事万物，所生发出来的一种感动。

想起来觉得有趣。少年儿童时，以为山上的原始森林如画本上所绘：古木参天，林间清静，蘑菇如星点缀，各种动物往来，多美好的童话世界！当我置身于其中，才发现，古木确实随处可见，可是林间低矮的灌木丛生，密集无比，绝无道路，行走之间辛苦万分。可是童话并没有因此破灭，在真实的山林中，有着一种鲜活的感染力。鸟鸣空山，云深之处，足可驰心骋怀。当登上顶峰，眼前豁然开朗，一水如带，耳畔却是山溪潺潺，便感觉身心都找到了一个可以憩息的家园。

于是我就在山水之间一年一年，春看冰凌花开，采山野菜，夏日寻幽，秋天采蘑菇打松塔，冬季去寻洁白的童话乐园，乐此而不疲。都说熟悉的地方没有风景，可是那些每天都能看见都能相伴的山水，对于我来说，却总有着一种崭新的感动。或许在我的眼中心底，那些已不是风景，而成为一种与我息息相通的存在。我的许多年轻的日月流年，都已放逐于其中，与山水不可分离。即使有一天离去，那片山水之间，依然有我的美好年华在徜徉。

也许这就是生活吧！没有什么轰轰烈烈，平淡平凡，才是最本真的热爱。想起许多隐逸的古人，终老于林泉之间，他们的心底，可能并没有不遇的慨叹和怨怼，有的只是在自己的世界中，过着空谷幽兰般的日子，不求人欣赏，只丰盈自己的内心。所以，采菊东篱，送君南浦，悠然之间，便成了后世之人向往的山水田园。

所以，心有热爱，不为欲望禁锢，那么，眉眼盈盈之间，都是最深情的去处。

而我却只听到无声的雨

那个午后，我坐在寂寞的窗前，小小庭院里的花草大半在风中零落，只有串红依然在阳光下燃烧着。目光散散漫漫地游荡，网住了一只孤独的燕子，它飞得很优雅，正在为远行而蓄积着心情。它在檐下掠过，恰好几句歌声传来，仿佛是从它倾斜的翅上滑落下来。

"风中有朵雨做的云，一朵雨做的云……"

隐隐约约的两句，却极空灵悠远，如梵音入耳、晨钟暮鼓一般，暂时洗去了心上层层的尘埃。失神之间，歌声已渺不可闻，心却沉入一种无思无虑的境界中去。

遥远的秋天，孟庭苇的歌声就这样真正闯入了我的生命，让我在最落寞的时候，有了一丝别样的安慰。虽然之前几年就听过她的很多歌，却完全没有一种入心的难忘。也许，某些东西被认可，只是一刹那的事，与那些东西本身并没有什么太大关系。就像某些人，也许在认识很多年以后，才会在某个瞬间走进心底。

然后，再走出去，才发现满大街都在播放这首《风中有朵雨做的云》，每次随着脚步的重叠，也不知重叠了多少相同的音符之后，终于把整首听完。有一种特别的感受，用最空幽的旋律唱着最悲伤的词。一如我彼时的状态，用最安静的心承受最纷繁的失落与茫然。

我不知道别人的青春在记忆中是不是一片荒芜，我却知道自己的青春在时光深处，或寂寞，或失意，或伤情，或迷茫，似乎很少有飞扬的时刻，或许岁月的尘埃早将那些曾经的短暂色彩埋没了。可是也总会在某个时刻，在回望的目光中，那些被埋没的纷纷破土而出，绽放出不期然的感动。

"站在摩天大楼的顶上，隔着静静玻璃窗。外面下着雨，却没声没响。经过多少孤单，从不要你陪伴。谁相信我也那么勇敢，大雨仿佛轻轻敲着每个人的心房，而我却只听到无声的雨……"

我静静地看着，听着，把话筒举到她的面前，我举着的手有些微微颤抖。十三岁的女孩唱出了泪花，歌声中也带着温度。"你早已不一样"，想想看，我在十三四岁的年龄，还在黑土地上无忧无虑地奔跑，还不知失落忧伤为何物，如今，确实是早已不一样，虽然只隔着几年的时间。

而身畔这个小小女孩，已然在怀念从前了，没有双臂的她，也曾有过快乐的年代，如今也终于走出了黯淡，用歌声来唱出自己的心情。在《无声的雨》中，我总是感动于那句"谁相信我也那么勇敢"。那个时候，我确实有着太多的失落，蚀骨的孤单，也没有人陪伴。一直以为那些成长中的悲愁，甚至挫折打击，在岁月的浪潮之后，只不过是回首时的微不足道。可是真正能够远远回望的时候，却一直在问，当初的自己，是勇敢的吗？

那个少年真的是勇敢的吗？他在所有人误解与不信任的目光中，在所有人的白眼冷遇里，能做的只是逃避与深藏；他在病痛中无助无眠，在高考失败后独伤独行，独守着长长的寂寞海岸线，却等不到一丝扬帆的风。当一场爱情也失落于秋天深处，生命中，也只是多了一个冬季。黑龙江的冬天不下雨，在那个成双成对的日子，烟花绽放的天空下起了雪，他只听到悲伤的音乐。

可是，我终究走了出来，从那些琐琐碎碎的纠缠里。不管脚步多沉重，走出来后，心也能云淡风轻。那么，我也是勇敢的吧？可是，在那个孤独行走的过程中，心中却是那样怯怯。就像第一次处于绝望的边缘，我走在那一场突如其来的大雨中，每一滴雨都在身畔冰冷地注视着，我听到来自全世界的嘲笑。四顾茫茫，脚下的路都断裂成渊，可我不得不摸索着走，虽然不知哪一步就会跌倒，会滑落。

而最后一次伴着黯淡的心境奔跑在大雨里，却已没有了绝望的心情，没有路，就用雨铺一条路吧。大雨敲打着万物，我却真的只听到无声的雨，而那无声之声，都在向我诉说着勇敢。那种勇敢不管是主动还是被迫，都让我的脚步在风起雨落里踉跄着却不会停下。

踉跄着走，走到十年后，在哈尔滨的中央大街上，在夏日的斜阳里，再次与孟庭苇的歌撞个满怀。之前很长很长的时间里，歌声都离我很遥远。依然是一个十五六岁的少女，大大方方地唱着那首《往事》："如梦如烟的往事洋溢着欢笑，那门前可爱的小河流依然轻唱老歌……"

歌声牵绊住脚步，所有的时光依依重来，我也想在歌声中去寻找往日那个落寞而倔强的少年，想陪他走一段路，和他说说话，给他唱首歌。其实更多的时候，我真的是自己陪伴着自己，涉过了很深很深的岁月之河。

又十五年后，走到了中年的平和，在某个夜里，看电视，重逢孟庭苇，她唱着《冬季到台北来看雨》，声音依然那么清澈，只是，她和我一样，和我的青春一样，都在走向苍老。也许一直一直年轻的，只有歌声，只有回忆，只有心情。

我依然走在那条长长的路上，依然会有风起雨落，那些无声的雨在告诉我，勇敢走下去，梦是唯一行李。

声音的形状

　　在黑土地上奔跑的童年里，春天飞过的布谷鸟，或者秋天飞过的雁阵，它们的叫声是一串串的，从高空垂落下来，挂在我的耳畔，落在大地上。而清晨南园里杨树上的众鸟啼鸣，则是一张由各种音符织成的网，网住了风和阳光，把我从梦里打捞出来。

　　那时每次去别人家，觉得狗叫声是一团团地抛过来，直落在心底，击打得我涌起恐惧之情。特别是深夜里，全村的狗叫此起彼伏，在我想象中，仿佛是把一团团的声音扔来抛去，那团团的声音在黑暗里若隐若现，带着一种厚重，把夜衬托得愈加静谧。

　　午后檐下巢里燕子的梦呓，像雨后草檐滴下的水，是一颗颗的，断断续续，带着柔软而晶莹的光，敲打着炕上疲倦的午睡的人。多年以后，当土房草檐都遥远成不可再来的眷恋，那些燕子还会年年归去吧？还会在某个阳光洒落的午后，把一颗颗梦呓，呢喃成不散的静好吧？可是，屋里再也没有了不肯午睡的我，那一颗颗梦呓，我只能去梦里捡拾。

最喜欢的那一群小鸡崽，行走在阳光里觅食，它们的叫声尖脆短促，像疏疏密密的雨点，落在大地上。而鸡妈妈的呼唤声虽然也短促，却有着一个转折，似乎是在喊着"够的够的"，于是那声音就带着钩子，钩住它的每一个孩子。

母亲们喊我们这群野孩子回家吃饭时，那一声声小名，是长长的线，不管多远都能准确地拴在我们身上，牵着我们回家。可如今母亲已经老了，也不再喊我的小名，可是在许多的旧梦里，母亲曾经那一声声呼唤，依然如长长的线穿越千山万水穿越日月流年，牵着我的心，可是，我却再也回不到曾经的家。

父亲的鼾声如形状不固定的影子，于厚重中变换着，粗糙而温暖。那样的夜，被父亲如浪起伏的鼾声紧拥着，构成了一种安然。白天，父亲用劳作支撑起这个家，而黑暗中，他又用鼾声支撑起无数个沉沉的夜。

夏末秋初的夜里，蟋蟀的琴声，是悠长的波浪线。向着四面八方轻轻流淌，一不小心就会淌进梦里。那琴声会漾满梦境，漾满离乡的所有岁月，在凉凉的西风里，在异乡的夜晚，一遍遍地弹奏沧桑与苍凉。

记起村里有一个人，似乎是个哑巴，并不会说话，嘴里总是发出长长而尖锐的声音，声音有着固定频率的起伏抖动，极为刺耳，每次听到，我都觉得是把长长的锯，层层割着我的耳朵。所以那时候我们都特别讨厌他，总是不理他，他不恼也不怒，只是站在那里看着我们，一声声长叫便纵横过来。

他的声音锯过北风和掉了叶子的树木，锯过寒冷与冰雪，紧追着闻声而逃的我们。迎面来了一辆马车，拉车的三匹马突突地打着响鼻，那声音便挂在它们鼻孔下，是一丛丛连接着的白雾。这时赶车的男人甩了一下鞭子，鞭梢在空中炸开一声脆响，就像突然从空气中绽出一朵惊艳，然后扩散开来，于是马儿们跑得更欢了。

却没想到我的脚步比那三匹马儿更快，仿佛只是刹那间，便跑离了家乡，跑向了遥远，跑过了半世的光阴。那个村庄已成遥远处的一抹剪影，那些熟悉的，曾让我一直魂牵梦萦的声音，却依然在生命中变换着形状，勾出满眼的泪。

多年后回乡，那个人仍在，却和我一样鬓染秋霜了。当锯齿一般的声音突然而至，一下子就将我的心割出血来。

山远近，路横斜

二十多年前，我来到小兴安岭，身处山岭深处，才发现，原来山也是喜欢聚堆儿的。在儿时的乡村，望向东南，在松花江的那一岸，有一个远远的山影，阳光下是淡青色，便觉得山都是如此，在大地上孤独地站立。那时也觉得我此生可能会离山很远，却没有想到，最后竟在山的怀抱里度过了一生中最美的岁月。

闲暇时我经常去山上或山脚下散步，起初的时候，只是为了排遣一种苦闷之情，来到这个偏远如天涯的地方，总是心有不甘。那些山岭在周围沉默着，虽然近在身畔，却一直没有走进我的心。后来，当渐渐接纳了生活，山便也不再遥远。

我发现，寻常事物到了山里，就有了另一种风致。满山的树不用说，月亮就很特别。以前读古诗词，以为很理解了"山月"一词的意境，后来才知道根本不是自己所想象的那样。月出东山，那么大，那么黄，我凝望着它，它也凝望着我，震撼且欣喜，似乎我辗转来到山里，只为遇见这轮初生的月。一生之中能相约几次这样的月亮，便是一种无悔了。

有时候会在路的尽头遇见月亮，它把远山修成一幅剪影。或者弯曲的山路，刚走过一个转折，便与月光撞满怀。路到了山里，便有了更多的风姿。粗粗细细，长长短短，曲折起伏，似乎每一个转弯处，都能邂逅一种美好。遥想当年的进山之路，在群岭之间，该有着多少回环往复，才通向这个小小的人间。

有一个晚上，我驾车从北面的一个区归来，接近城市的时候，驶过一处高且平直的路段，向南望去，南山是那么高大，高高的月亮俯瞰着大地。以前在城市里看南山，并没觉得如何高，而拉开距离，在一个高处，才会看出山的雄伟。城市的楼房都匍匐在山脚下，南山也静默在月亮底下。那个刹那，我才明白了什么是山高月小。

山间公路是寂寞的繁盛，它枝繁叶茂，每一条岔路都连接着某些人的故乡。每次从老家归来，驾车进入小兴安岭的山口，千山万岭带着厚重苍莽渐次张开怀抱，隔着车窗都能感受到一种粗粝的温柔。我喜欢驾车行驶在山间，看远山变近山，看近山成遥远，似乎每一片森林、每一朵闲云，都能把目光和心带入到很悠远的一种意境中去。

我也喜欢在山岭间行走，沿着曲曲弯弯的路，那路不知会把我带到哪一个去处，有时它铺满了阳光，有时它铺满了落叶，有时它铺满了野草，更多的时候，它铺满了我的心情。"政入万山围子里，一山放出一山拦"，此时早没有了行路难的黯然，只觉得在山的怀抱里，我是一株会行走的草。不是喃喃自语，而是在和草木谈心，山与路都在倾听。

童年远远地看山，后来却近在群山里；童年觉得每一条路或纵或横或岔或斜，总是通向一个未知，而后来，走过太多的路，才知道，其实每一条路都通向故乡。当年从没想过，会有一条路，穿过遥远的时空，把我带入小兴安岭，而且停留了二十多年。虽然眷恋着这山里的种种，可终究境非吾土，我依然想沿着某一条路，回到故乡。

　　我也知道，当我离开了小兴安岭，一定会有许多的怀念与回忆。远远近近的山，横横斜斜的路，只能在梦里出现。还有那山月，千里清辉，可还知我心底的事？其实我更是希望，当有一天我在某条路上走累了，会看见路的尽头站着一座山，山顶簪着一弯月，那么我的心定会尘埃散尽，只余清澈的美好。

第四辑
牵着月光行走

我们一直不知疲倦地追逐着，追逐着风也追逐着一种看不见的诱惑，就像跟着一串啼鸣去追一只没有踪迹的鸟，就像循着一朵涟漪去追一尾看不见的鱼。

蚁如云

淘来几本很喜欢的旧书，是绝版的诗词辑本或诗话词话这类，泛黄的纸栖满了时光，繁体字透着古意。我轻轻地翻看《宋词三十家》，怕不小心弄破了薄脆的页面，撕碎了岁月深处的情节。

在前面的某页上，有用钢笔写上的三个字——蚁如云。墨水的蓝色已被光阴冲淡，这三个字仿佛有一种魔力，越看越沉浸，有着一种美、一种感慨、一种领悟。蚁如云，如果放在宋词里，定然也是让人悠然神飞的一句。其实生活在纷杂的尘世间，我们大多平凡如蚁，每日东奔西走，其实目的很简单。劳碌的我们也许早已忘了曾经的梦想，却执着依然，即使跌倒受伤，即使历经坎坷磨难，也是擦干泪也擦干血，继续走平凡的一生。

儿时就曾仔细观察蚂蚁，看它们怎样在大地上书写着传奇与感动。它们可以叼着很重的东西奔走，也可以成群结队抬着一条虫子，我甚至还挖开过曲折复杂而幽深的蚁穴，只为看看蚁后是怎样繁殖这么多后代的。无数的蚂蚁抬起蚁后转移，更多的蚂蚁每个都衔着一只卵紧随其后。多年后的回忆冲不淡曾经的愧疚，那一个小小的国度，或者大大的家园，就毁在我的手里。每一只蚂蚁似乎都浑浑噩噩，在出于本能地觅食工作，可更多的蚂蚁聚集在一起，就有了很高的智慧，做什么都快速而有序。

我也看过一只只剩半截身躯的蚂蚁，怎样衔着食物继续前行。我更看过大洪水的流淌中，漂来足球大的一团蚂蚁，每漂一会儿，就会有一层蚂蚁脱落，到了岸边，只剩下拳头大的一团，而幸存的这些，多是幼蚁。

这些在我们眼中看似卑微的生命，却有着同样的无私与大爱。凡尘人似蚁啊，在平淡平凡的背后，有着多少同样的触目惊心。蚂蚁们如云聚云散，在大地上生生不息。想想这半生，奔波劳碌，经历过太多白眼冷遇，也遭受过太多有意无意的伤害。想起童年看到的那只拖着半截身子爬行觅食的蚂蚁，心里有无奈与悲凉，也有希望和力量。

翻看那几本旧书，发现每一本上，都写着"蚁如云"三个字。忽然想到，这或许是一个人名吧？赶紧查询了一下，还真有"蚁"这个姓。虽然可能只是个人名，可我并没有失望，开始想象这是怎样的一个人。从这三个字的字迹来看，应该是一个女人，字体刚柔并济，有几分飘逸，且书写年代久远，应该是一个年纪很大并心若烟云的女人。这也许是她经常读的一些书，只是怎么会流落出来呢？遥想这个女人的一生，或者人如其名，于平凡中坚守着什么，或者是学者教授，在闲暇光阴饱读诗书。总之，无论过着怎样的生活，经历了怎样的一生，她都应该是静而美的。

在《岁寒堂诗话》一书最后的空白页上，竟然有人用钢笔写了一大段话，依然是同样的笔迹，我深吸了一口气，慢慢地读。

"余居闽江之畔，展眼五十寒暑，自双足俱废，未尝去庐十丈。幸有清岚澄月，竹雨松风，足畅胸怀。故可日日伴诗书、亲笔砚，或素琴金经，而寂然无邻，幽思弗远不至。忽忽老矣，更抱恙难痊，近日觉大限将至，物化不远，故尽遣藏书，且待有缘。念此一生，人如其名，无悔而有叹。蚁如云。一九九八年夏。"

至此，虽寥寥数语，却道尽了一个残疾女子悠然平静的一生，二十五年过去，想来那女人早已物化了吧，化作她流连的清岚澄月和竹雨松风。只是我何其有幸，这几本书是怎样跨过长江，又渡过黄河，再越过山海关，到了我的手里。特别是那本《岁寒堂诗话》，让我看到那个女人的情怀。我不知道这些书中间辗转几何，经多少人的手眼，也许那些看到这段话的人，都会有同样的感慨与遐思。

掩卷神飞，窗外的墙上，一只蚂蚁衔着一枝细细的花蕊，正努力地往上爬。蚁如云啊，其实在这短暂的世间，每个平凡的人，都如云。

半　幅

　　"幅"字，总是给我一种或怡然悠然，或古典飘逸，或时光重叠的感受。很少会有某个字让我体会到这样具体却似又朦胧的意境。

　　半，也是我很钟情的一个字，因为它蕴含着许多玄机，也深藏着许多至理。

　　于是这两个字相遇，就生发出许多美好的想象。

　　第一次是读杨万里的诗句"借令贵杀衡阳纸，半幅无妨慰梦思"，欣喜之意在心底流淌成诸多美好。原本就喜欢诗词曲赋，于喜欢之中再相逢喜欢的两个字，便觉得似乎是巧合。及至读到元代张可久散曲《迎仙客》中的句子"半幅青帘，五里桃花店"，更是悠然神飞。半幅青帘，五里桃花，这是怎样美的一颗心相逢怎样美的一个春天？

　　读陈与义的诗句"窗间光影晚来新，半幅溪藤万里春"，这是描写水墨梅花的画卷，"溪藤"是指剡溪纸，只半幅墨梅，却在人眼中生长出万里春光。就像"半幅"这个词，总能在我心底酝酿出无边无际的想象。

记起生活在乡下时，夏天的中午，我们都躺在炕上午睡，窗子敞开着，偶尔溜进来的风带着南园果蔬的清香。我总是不肯睡的，又不想走进外面阳光的海，只能让不安分的目光从窗口跑出去。现在想来，除了偶尔从燕巢里落下的呢喃，檐下还经常挂着半幅闲云。那云是悠闲的，白得亮眼，在檐下露出半幅，渐渐变小，只余一块空荡荡的蓝天。

多年后的回望中，除了檐下那半幅闲云，还有墙上那半幅花影。那是南园墙头上的一株扫帚梅，总是被倾斜的阳光把影子画在墙上，虽然只有半幅，却花叶分明，并微微摇曳，它在墙上慢慢地爬行，爬着爬着就变了形，渐渐爬进那一片阴影里。就像我的童年，前一刻还无忧着眷恋着，后一刻就隐进岁月深处。所以在回忆里，童年是半幅古老而朴素的画。

如今重新翻阅记忆，发现记忆如曾经的檐下云墙上影，都只剩下半幅，而这剩下的半幅，似乎也在慢慢地消散。如果有一天我走到生命的尽头，最后一次回望前尘，这一生的光阴是否也只消瘦成半幅残卷？

我曾在朋友家里看到过半幅古画，当然真伪难辨。只剩一半的画面上，是一片草地，远处有山影，草地上有半幅绿罗裙，然后就被斜斜地撕去或者剪去了，左上角有两句诗词："记得绿罗裙，处处怜芳草。"当时我凝神很久，半幅古画，半幅草地，半幅罗裙，看着看着便若有所失，忽然发现，我的心也丢了半幅，还原不出太多缺失的情节。这可能是永远的遗憾了，可是，也许正因为缺失，生命才有太多的想象与期待。

虽然在半世的风尘中，丢失了太多半幅的珍贵，也尘封了心中的许多感受，可幸好我还剩有半幅美好的心情，去写下许多的遇见。

牵着月光行走

那是一个很暖很暖的夏夜，我们五六个孩子半倚在我家门旁的土墙上，夜色和园子里果蔬的味道融合在一起，随着风儿，伴随着村南大草甸上一波一波的蛙鸣，不停地涂抹着天地。于是天地越发黑得厚重，我们就陷了进去，可是我们却浑然不觉，因为一个大些的孩子正给我们讲故事。

忽然，大地就一下子亮起来，刹那间，我们的影子就被唤醒。抬头看，一大片云彩刚刚从月亮面前游过去，很圆很大的月亮，正从东边的天空慢慢地爬上来。那个时候视力好，夜空也清澈，月亮表面的暗影看得清清楚楚。这个时候，那个大孩子便给我们讲月亮，指点着，说桂树，说吴刚，说玉兔，说嫦娥，说完了传说，再说环形山，说月海，我们听得全然忘了夜已渐深。所有的目光都逆月光之流而上，想要窥见那些传说和科学。

我们想看得更清晰一些，就都向着东边走，一边走一边抬头看，觉得果然是离得近了一点儿，看得明白了一点儿。直到穿过村子，进入村东的田地间，才豁然惊觉。于是便往回走，一路把月光牵回各家的院子，牵到炕上枕畔，牵进梦里。梦里，一只洁白的兔子正在不停地捣药。

于是那个夏天，我们几个天天在一起玩，在村外的小河边，在草地上，在树林里，笑声和足音堆积着，堆积成一种在流年里吹不散的眷恋。在蓝天阳光之下，我们都忘了昨晚的月亮，以及和月亮有关的故事。夏天加上暑假，就是我们的快乐。除了回家匆匆吃午饭，我们一直不知疲倦地追逐着，追逐着风也追逐着一种看不见的诱惑，就像跟着一串啼鸣去追一只没有踪迹的鸟，就像循着一朵涟漪去追一尾看不见的鱼。我们没有追到鸟和鱼，可是我们却没有遗憾，我们觉得追到了很多乐趣。

渐渐地，连太阳也被我们追得跑到了西边的地平线上，留给我们一个个越来越长的影子。这个时候，不知是谁偶然一抬头，目光便被撞了回来，然后大喊："看，看，月亮！"

我们瞬间全仰头看，只见一小瓣白白的月亮正印在蓝天上，淡淡的，像一小片云影。而太阳还没落下去，我们看看夕阳，看看月亮，都觉得神奇无比。那个大孩子就挺挺胸说："这就是日月共明！"我们越发觉得好玩，于是每个人的眼睛里，都不停地变换着太阳和月亮。

我们决定不回家吃晚饭，想看着月亮一直到黑天。在那个有太阳和月亮的黄昏，一声声呼唤我们回家吃饭的声音，从村子里飘出来，却都与我们擦肩而过。夕阳已经沉没了，一片红霞弥漫开来，月亮却仿佛没有动，依然钉在原处，像是不敢去追赶太阳。红霞也渐渐熄灭了，天幕慢慢暗淡下来，那小半个月亮便逐渐亮起来。它就这样无声无息地点亮了长夜，也点亮了家家户户的灯火。

心满意足的我们开始走向村庄，领着月光回家。当把月光挡在了门外，迎接着我们的，是家里人的训斥，不过我们都不当回事。吃过饭，我又溜进院子里，抬头看，月亮仿佛仍在原来的地方，只是更亮了许多。躺在炕上快睡着的时候，我又忽然坐起身，隔着窗户看，月亮已经到了大西边。心下便很欣慰，知道了月亮的秘密，它是在我们不看它的时候，偷偷地跑了很远。

再大些的时候，我就迷上了村南的大草甸，仿佛那里隐藏着无穷的乐趣，植物、动物、水，便构成一个童话般的世界。特别是秋天的时候，每一缕风都能吹落一颗种子或果实，每一颗种子或果实都会吸引来一个小精灵，每一个小精灵都有着一个自己的世界。我喜欢跟着它们的脚步，去探索一个个未知的王国。

甸子深处，那些高高的草渐渐被西风染成了金色，于是便呼唤来了人们手里长长的钐刀。许多人在甸子里打草，那些草有着不同的用处，有当成冬天的动物饲料的，也有用来苫房的。有一次我跟着叔叔去甸子上，看着那些草在雪亮的钐刀下成片跌倒，间或有一些小动物的身影一闪而过，空气里流动着一种秋天的味道，便觉得心和天地一般高远。

我们带了晚饭，因为叔叔要趁着夜里凉爽，多割一些。我更是兴奋无比，因为夜里，我们就会住进那个用草搭起来的小窝棚。小小的窝棚，就像童话画本里的小房子，仿佛里面住满了故事。夜来了，天空中一轮很圆的月亮，大草甸上白茫茫一片。叔叔就在月光下挥动钐刀，唰唰的声音像长了翅膀一般，掠过那些密密层层的草尖，飞向夜的遥远处。

看了一会儿，我就信步在草甸上走。远远近近的一切都可分辨，月光洗去了夜的朦胧，清晰就似梦里的情景，和白天阳光下的情景全然不同。置身于一片苍茫辽阔之中，觉得自己就像化作了一棵草，和无边的草一起轻摇着，沐浴着柔软的清辉。少年的心里便涌起一种巨大而亲切的孤独感，头顶的月亮这么近又那么远，就像许多很清澈的梦想，看得见美好，却不知有多远的路要走。

夜深的时候，在童话般的草窝棚里忽然醒来，眼前柔柔地亮，抬起手，一小片月光就在掌心蓄积着。向来处看去，窝棚顶上有一条缝隙，在我熟睡的时候，月光悄悄地流淌进来，轻抚着我的脸庞。多美好啊，也许再过去许多年，这一小片月光依然会把我的心洗得清净无比。

过了一些天，我和叔叔去一个居住在松花江岸边的亲戚家做客，那个深夜，忽然家里传来急信，我们便一头闯进了夜色。小小的村庄已经被脚步声抛在身后，还要穿越约八里地的大草甸，才能回到我们村子。大草甸里黑沉沉的，后半夜的大地上，村庄的灯火早已熄灭。有长长的风不停地吹，有偶尔的青蛙跃入看不见的池塘，我跟着叔叔的脚步，感觉耳朵比眼睛变得灵敏。

我们向北边一直走，松花江的涛声也渐渐倦了远了，无意间转头，便看见东边的天边上，挂了一弯极细极长的月亮！我叫出了声，叔叔也驻足看，那弯细月淡红色，就像是用蜡笔画在黑色的天空上，看得见色彩，却似没有光芒洒落下来。它就那样悄悄地亮在那儿，如果你不抬头，它就不会与你相遇。偶尔的蛐蛐的叫声，就像那弯月般细长，潜入长夜。

　　叔叔说，这是下弦月，出现在农历下半月时下半夜的东边天上。我不知道和我们一起玩的那个大孩子，看到下弦月，会不会又给我们讲出一个不着边际的故事。我和叔叔走在旷野里，便觉得不那么黑暗了，天边的下弦月，那尖尖的钩子，总把我们的目光钩过去，那一弯淡淡的红，把心里涂抹得也温暖起来。我们就带着那一种温暖，在秋天的这个黎明前，在弯月的陪伴下，一直走回村庄的怀抱。

　　后来，我去了邻村上中学。冬季的一天，大雪，我们因为一些事情耽搁到很晚才放学。本来冬天天黑得就早，同村的学生都去亲戚家住了，我便独自一人往自己的村庄走。两个村子之间三里路，隔着一条很细的河和一个不高的土岗。我出来的时候，雪早已停了，天晴得很好，刚过了十五没几天，大半个月亮已经很高。如果没有雪地上的影子，不会感到月光的存在。明月照雪，雪光和月色交融着，迷迷蒙蒙，像是谁的梦不小心从枕畔溜了出来。

　　月亮在东边的天上，村庄在月亮下面，我拖着自己的影子，拖着一串长长的脚步与雪地的吻痕，向着月亮底下的村庄走去。被不断的风吹起的地面上细细的雪，在月光下旋舞出朦胧的色彩，我听着柔软的足音，看着月亮，轻松地走过冰雪覆盖的小河，费力地爬上那个小土岗，穿过一片枝影纵横的杨树林，便一时忘却了零下二十多度的寒冷，忘了路旁那个荒冢累累的墓地，眼中心底只有通透的月光和莹莹的雪。

　　我喜欢雪晴后的月夜，并不是始于那个独自放学的晚上，而是那些个晴朗的元宵。

村庄的正月，被飞雪和年味拥抱着。那一种喜悦，在远远近近的鞭炮声中，在我们冻得通红的脸蛋上，在院子里高高挂着的红灯笼里。正月十五，天空中的月依然圆，大地上的雪依然白，我们提着自制的小灯笼，早早地守候在门前的土道上。小灯笼用玻璃罐头瓶做成，瓶口用细绳系住，悬挂在一根短短的木棍上，瓶中点燃各种颜色的细小蜡烛，我们就这样提着，每个人身畔一团淡淡的光。远远地看，像是把月光分成了无数份。

终于，路的那边传来了喇叭和鼓点声，那声音把所有的小灯笼都快速地吸引过去。村里的秧歌队热热闹闹地过来了，身着红红绿绿服饰的人，手里拿着各种样式的花灯，一路舞来。队伍后面是一匹马拉着的大爬犁，爬犁上是一口很大的锅，锅里，是柴油拌的谷糠一类，此刻已被点燃。每走出一段距离，就会有人用铁锹从大锅里撮起一小堆火放在路边，于是一路走来，回望，两排火焰在路两旁整齐地跳跃着，和月亮一起，把黑夜点缀得生动无比。

走出村庄的灯火，欢乐的队伍和播撒的火焰继续向西，抬头看，此刻月上中天，越发澄澈玲珑。绚烂的灯走过，那两行火焰在黑暗中画出了一条路，野外的夜更深浓，更寒冷，却没有淹没和冻结那一簇簇火焰的热情。我们一直走到西边的敬老院，秧歌队在那里扭了几圈之后，火焰也便撒尽，人们便都撤回了村里。我们一群小孩子追逐打闹着，手里的小灯笼摇摇晃晃，被大队人马落在了后面。

小灯笼里的小蜡烛快燃尽的时候，伙伴们都从口袋里再掏出一支来续上，于是小小的灯笼一直明着。而我出来得匆忙，竟忘了揣上备用的小蜡烛，却也并不懊恼，提着空灯笼依然跑跳得开心。当每个人都翻滚了一身的雪，才晃晃悠悠地往回走。路旁之前撒下的火焰已渐次熄灭，于是月光更亮，忽然发现，我的没有了小蜡烛的灯笼里，竟也闪着光。仰头看看那轮月，才知道，原来的小灯笼里，盛满了月光，所以，它依然亮着。

那个有月亮的夜，我提着一灯笼的月光回家，心里也轻轻盈盈，仿佛也同样装满了月光。那一夜的梦里，鱼龙飞舞，依然充满了月光。

再后来，我牵着月光的手越走越远，远到一切只能回望。而月亮依然年轻着，而我已从少年走到中年。走到哪里，都会于某些个夜里抬头见月，回想曾经的岁月，多想再次牵着一缕月光，像当年一样，跟着月亮回家。

布被秋宵梦觉

　　总是无缘无故在某些夜里醒来，窗外是凉如秋水的长风和远在尘世之外的点点星光。呆呆静坐，努力去回想是否有依稀的旧梦与我的沉睡擦肩而过。秋夜是清淡悠长的，不似春夜的柔软和夏夜的浓稠，更不似冬夜的凛冽，而一弯月或者几缕蟋蟀的琴声，就把乡心勾起，在那样的夜里，是适合生长乡愁的。

　　于是用回忆细细梳理曾经的每一个秋夜，就像长长的西风不停地梳理那片年轻的白桦林。穿行于时光的长廊，许多影子在身畔来来往往却又转瞬即逝，如一群栖在岁月深处的鸟，在我的心跳中倏聚倏散。

　　那个遥远的夜，醒了的我看到窗台上积满了月光，院子里搭的木架上，那些烟叶都沉默着。姥爷还没睡，他衔着的烟斗正明灭着，他细细地看着那些渐渐变得金黄的烟叶。那时就觉得，那么多上了架的烟叶，除了用阳光晒，可能还要用月光晒吧？月光把姥爷的身影画在地上，同样沉默，只有一团团的烟雾在朦胧着，让我看不清他的脸。许多年后的梦里，我也是努力想去看清姥爷的脸，却每一次都如那夜，在清晰的情节里有着一直看不清的细节。

有时是被父亲的鼾声惊醒的，没有月光，只有风在问候邻家园里那几棵高大的杨树。草檐下的燕巢已空，夏夜垂落的呢喃细语似乎还在枕畔回响，星星遥远，村南大草甸如潮的蛙声也已静寂成大地上的梦。身在故园没有乡愁，却生起隐隐的恐惧，似乎每一处黑暗中都隐藏着狰狞的鬼怪。而父亲的鼾声起起伏伏，洗去了我心底所有的惶恐，油然而生的是一种安心，一种平静，虽秋夜正长，却淹没不了心底暖暖的梦。

那时的心清清浅浅，不识离别，也容不下骊歌。而与故乡一别之后难有归期，也无归途，即使归去，村庄也变迁得不似曾经。心里有了沧桑，秋就轻易地入了心。心里住着秋天的人，都有着只属于自己的苍凉。

中年的某个秋夜，忽然就梦见了姥爷和父亲，他们盘膝对坐在炕桌旁，抽着刚晒好的烟，喝着粮食酒，吃着土豆炖南瓜，却都不说话。姥爷依然是老头儿的样子，可父亲却那么年轻，我能感受到父亲每一个细微的神情，却依然看不清姥爷的容颜。我在梦里是那么欣喜，我还是那个无忧无虑满心快乐的小孩，亲人都在，乡愁遥远。只是刹那间就醒了，九月末的夜空看不到星月，只有凉凉的风一遍遍踩踏过孤寂的窗台。

努力去想曾经那些美好的秋夜，那些个不期然醒来的时刻。月光下，我看到过失眠的花狗在溜溜达达，夜似乎是它的世界；我看到过一只因贪玩被关在鸡舍外的鸡，它跳上墙头，或者飞上窗台，它和我一样，只能于偶然中感受秋夜的静美；我看到过不知谁家的黄猫，快速地从墙头上跑过，灵巧地跃上仓房的屋顶，就坐在最高处，仰着头不知在凝望着什么。

虽然有着那许多美好的秋夜，可我总会想起那个夜里的母亲。当时姥爷刚刚故去两三个月的时间，我醒时西边天上有半个月亮，母亲就站在院子里，在月光下，在姥爷曾经看着他的那些烟叶的地方。母亲的影子也凝固着，她失去了自己的父亲，我看不到她的脸，不知有没有泪痕被月光照成细细的溪流。而她默立的身影，却让我心底有着沉重的悲伤。

近三十后，当父亲也故去时，那年的秋天，那些个惊醒的夜，才体会到母亲当年的心情。随着光阴消逝的，都是不会重来的，也是不可追溯的，是无法弥补的缺失。秋风秋月依然如过去一般清明，可人却已一代代地暗换，曾经在那些个夜里悄悄看着美好发生的小小少年，心也早已粗粝，抚不平的千疮百孔。也许只有回忆和不可求的旧梦，才是暂时躲避的港湾。

现在的秋夜里，我依然会忽然醒来，有时会看到母亲无眠的身影，她站在窗前，不知在看什么，也不知在想什么。母亲单薄的身影，却是那么厚重，原来那种无所寄托的思念，才是生命中浓得化不开的苍凉。

当下总会成为过去

某个初冬的午后，忽然想起一个遥远的场景。

那是一个初夏的午后，十岁的我和叔叔走在大地上。叔叔家的村庄离我们村庄有六里地，叔叔带我去他家里。土路两旁是树带，高高的杨树排列得很整齐，我们在树间的小路上慢慢地走着，披着一身斑驳的光影。时时有布谷鸟从高高的天上飞过，丢下几串清脆悠远的啼鸣。走累了，就坐在树下的土地上，眼前的田地伸展到遥远的地平线那里。禾苗初生，在漫天洒落的阳光下，一片欣然的喜悦。空气中流动着庄稼和泥土的气息，淡淡的，融在风里，在身畔漾起涟漪。

也想起了叔叔说的话。

坐在黑土地上，我们看着远方，叔叔忽然问："你看咱们农村的大地好看吗？"

我愣怔了一下，在我的心里，对于这片生活着的黑土地，并没有美或者不美的概念，也没从这个角度去想过。只知道自己很喜欢，也总是一个人跑到村外的旷野里，站在那儿，或者坐在那儿，看着大地上的一切发呆。于是，我就说："我愿意看大地。"

几年之后，我们就都搬离了故乡的村庄，那片我眷恋着的土地，从此便越来越遥远。空间的遥远扯不断旧梦，时间的遥远却隔着沧桑的河。后来回去两次，心却空空地若有所失，不再是我童年和少年的黑土地了，也不再是曾经的村庄，人与物皆非。坐在大地上，眼前的一切再也无法与心底的回忆重叠。记起当年和叔叔的对话，恍如昨日，却隔着一个永恒的夜。当时也隐约知道家要搬走，也想着多珍惜一下故土的光阴，可是，却都被匆匆变成了辜负。

中学的时候，依然在坚持着写日记。从小学开始，已经写了那么多本。那时很沉默，我的青春淹没在别人的青春里。多年以后，曾经的同学回忆我，总是一个沉默的少年。总是心有所感，便在日记里写满了心情。依然觉得日子飞快，有着一种模糊的惶恐，似乎是对成长的尽头有着隐隐的担忧。十年前回老家，夜里灯下，闲翻中学时的日记，看到自己曾写过："日复一日，年复一年，一日抄袭一日，一年复制一年，我要好好珍惜当下，让自己以后回望时有一种回忆，有一种留恋。"

只是回忆时总是一片荒芜，那么多的青春岁月，似乎一个足迹都没有留下。除了那些空空洞洞的日记，穿过时光的河，如秋天般萧瑟、泛黄，那许多的日子，都不知蒸发于何处。日记里写过太多的珍惜，沧桑过后，重看，拾起的都是叹息。忽然明白，不管当初怎么去度过，回望时看到的都是匆匆。所以，怎样去珍惜，都会变成辜负。

时光如此，时光里的人和事，同样如此。越是刻意去想着珍惜，便越会留下遗憾。也许我在想着去怎么珍惜的时候，就已经在蹉跎着了，就已经在辜负着了。还莫不如自然而然，什么也不去强求，过去了就过去了，至少在回忆的时候，没有了那种多出来的懊悔与惋惜。就像想挽留住河里一朵美丽的浪花，怎么去做都是无用，与其浪费时间与心思，不如就去欣赏它的开谢。

　　我的那一大箱子日记，最终丢失了。于是，连岁月荒野中仅存的几丛衰草也不见了。虽然不能在过去的旧字里回味，可是，那些日子也并没有变成沙漠，还是在我的频频回首里有一些让我心动的存在。就是这样，当下总会成为过去，无须去烦恼。只要在回望时，哪怕有一个情节还鲜活如初，就会点亮那段岁月所有的温暖。

零　度

　　九月下旬的一天，偶尔看天气预报，夜里最低气温已低到零度，便忽然觉得，是真的冷了。虽然秋天只过去了一半，可再过一周，冬季供暖就开始了。一个巨大的七个月的冬天正在走来，近得已经可以感受到它的气息。

　　一年中有两段零度的时间，只是身处其时，感受却迥然。我现在站在秋天的零度上，回望身后，夏天的身影还带着迷人的温度。由暖入寒，就像热情渐渐消散，凉意慢慢侵怀。在这个过渡的过程中，每一天都是眷恋，似乎想用一日浓似一日的回忆，去焐暖即将到来的零下四十度的严寒。很奇怪，当走到冬天最深处，当滴水成冰的时候，再回想曾经的零度，竟会觉得那时是温暖的。滴水成冰并不是夸张，零下三十多度就已然如此，想象一下零下四十度，又该是怎样的一种冷。

　　从冬天的顶点走过，就又到了一个有希望的时候，随着气温渐渐回升，虽然还是冷，可是却有了盼头。终于在某一天，走到了冬季的边缘，再一次站到了零度上。感觉是那么暖，冬天在身后凋零，前望，一个多姿而充满生机的季节正在绽放。由寒入暖，是从一个长长的梦里走出的，继续向前走，极少回首，一步一步走向火热。然后会忽然觉得，曾经走过的零度是那么凉爽宜人。

零度，是一个不曾变化的温度，可是在不同的时候出现，给人的冷暖感受却不相同。这一切都是来自前后的对比：秋天的零度，当时冷，回忆时暖，是因为之前是夏之后是冬；春天的零度则正好相反。由此可见，对比会使同一个温度产生不同的感受。

而奇怪的地方，也是在这里。按理说，现在的零度，感觉那么冷，可是却并不会真正地被冻到。而春天的零度，感觉那么暖，却很容易被冻感冒了。也许是秋天时是在走向冬天，所以有了防备；春天时是在走向夏天，所以太过松懈。仿佛上山与下山，同一条山路，上山时心情紧张，有阻碍处也有惊而无险；而下山时心情放松，却一不小心就会在阻碍处跌倒。

想想世间事也多是如此，奋进的途中一往无前，却总是在成功之后迷失了自己。而一些艰难挫折，都是于对比中存在，感觉艰难时，反而未必会阻挡住脚步，感觉轻松时，却往往被羁绊住。所以，总有很多人没有败在最黯淡的时刻，却败在黎明将要到来的瞬间。境遇的逆与顺，人间的冷和暖，有着相通的过程，也有着相同的智慧。只要心生智慧并能持之慎之，就会走过生活的冷暖，走过生命的顺逆。

零度，可能更像一个开始或者结束。把它当成起点，前路阴寒或者灿烂，便都会有着勇气或希望走下去；把它当成终点，便已圆满地走过了寒暑，眼前的未知，只不过是又一度的轮回。

我们的一生之中，也有两次零度的时候。第一次，应该是在童年，在成长的过程中，我们从单纯无忧慢慢走向生命的繁盛，带着巨大的欣喜和许多的梦想，即使有一些逆境也会被激情淹没。而第二次，就是在人到中年之后，繁华已成过眼云烟，此时的零度，已不是起于无忧，而是起于失落。或者是走到顶点开始趋于平淡，或者已经走在下坡路上，并不只是事业，还有人生，前面，就是生命的秋与冬。

　　我现在就处于人生的第二个零度上，而且是不知不觉平平淡淡就走到了这里，所以倒还没有什么失落，由于一直没有放弃热爱，所以心里的希望还正生生不息。就像身畔的秋天，蹑手蹑脚地来，又无声无息地去，夏天早就没了影，忽略了两个季节，那么，对冬天反而有了期待。

　　所以，一生的第二个零度和一年的第二个零度，在这一天重合，却是在我的心里叠加了一种温暖和力量。那么，我就把它当成一个美好的开始吧。

细　梦

　　并不是那种情节很完整的梦，也不是有着难忘细节的梦，而是很短的梦，几乎没有内容，却会在心底留下不散的印痕。我喜欢那样梦着的时刻，更喜欢醒来时捉摸不定的回味。

　　那年夏天和友人登山，下山途中在一处溪水旁的草亭休息。我坐在那儿，靠着亭柱，长风流淌，溪水轻唱，鸟鸣时远时近，我就在这些美好之中，忽然睡去。似乎只是片刻，就醒了。可我却做了一个那么细小的梦，细如帘缝钻进来的风，小如阳光下的微尘。只记得我是躺在山溪里，清清凉凉的水如时光一般从我脸上身上淌过去，把阳光过滤得只剩下明亮。

　　下山的时候，我一直于恍惚中想着这个梦，头脑中徘徊着"年华""光阴"等词，便越想越痴。这个梦就像一粒小小的种子，在我心底生长出那么多的联想。

　　有一个晚上，我翻看学生时代的日记，里面竟然记录着好几个这样的细梦。初三的某个下午上课，靠窗而坐的我，被一片夏日的阳光轻拥着，老师讲课的声音就把我催眠了。被老师的粉笔头叫醒时，也只是过了刹那，面对老师的冷脸，我却不停地笑，笑得同学们都莫名其妙，笑得老师终于爆发。可即使站在教室后面，我的目光依然缠绕在窗外的那棵树上。因为在那么短的小睡里，竟有着一个神奇的梦。不知是我变小了，还是树叶变大了，我就躺在树叶上，点点滴滴的阳光和风从枝叶间落下来，栖在我的身上。

三十多年过去，我早忘了曾经教室里的那个短暂的梦，可在我当年留下的字里行间，却仍能重温彼时的种种。那是时光留给我的礼物，让我在沧桑后能重逢那样清澈的心情。

有一篇日记，让我笑出声来。原来，我竟然在考场上睡着过，而且还做了梦。那是高一时的一次期中考试，第一节是考语文，我在写作文的时候睡着了，也就睡了几分钟的样子，梦里试卷上的字都活了过来，如一群蜜蜂围着我飞舞。就是这样简单的一个梦，却让我流连许久，等回过神来，发现时间只剩下不到二十分钟，可我竟然一点儿不急，极为顺利地把作文写完。

那个晚上，我翻着日记，与曾经的那些细梦一一相遇，许多的记忆与眷恋都因此鲜活。其实，在这样的情境里，多想也能忽然睡去，然后有着一个小小的却又动人的梦。只是，在沧桑的三十年后，蒙尘的心再难遇见那样的梦。偶尔的几次，也都是于尘世劳乏中暂得脱身，腾空了心里的繁芜，才有了容纳细梦的空间。

虽然是可遇不可求，但那些梦的种子，却一直在生命里沉眠，某一天会被路过的风唤醒，在阳光下生长出许多不期然的感动。

你这样走过路吗？

远远的荒野里，一条细细的路很生动地在草木间若隐若现，长长的风率性地来来去去，阳光带着野性扑落在大地上，不知名的鸟逐着风和阳光。由于无云的天空太过于阔大且没有参照物，经常有某个瞬间，我会觉得那只鸟是在倒飞。

突发奇想，如果我倒着走路又会怎样？想来只有儿时，才会偶尔倒退着行走，去体会一种新奇的快乐。不知那种快乐是否还在，于是转过身，开始倒走，并决不回头看。从起初的不习惯和微微恐惧，到后来的比较自如与放松，便觉得眼前的世界以一种奇妙的形态变换着。小径和身畔的草地，不断地延长延伸，仿佛大地和世界都在我脚下一步步地生长着。

目光轻抚远远近近，觉得似在不停地创造世界，又似在不停地告别，可是这种告别是缓慢的，每一个细节都在我的感知之中。就像我在不停地开拓，把未知变成心爱，再把心爱送给远方，看大地渐渐增添着魅力也渐渐远去。这是最美好的告别，也是最美好的前行，因为这种告别不是失去，这种前行是在回望。

终于我被绊倒在地，才发现路已经偏远了出去，可是又有什么关系？这样的偏离，并没有离美好更远一些。我仰躺在草地上，大地拥我入怀，蓝天也欲拥我入怀。空荡荡的天空只有阳光漫流，还有看不见的风，一只鸟滑过来，不知是不是之前的那一只，它忽高忽低，忽快忽慢，似乎在与我耳畔一只低吟的小虫共鸣。

翻身而起，竟是出奇地灵巧轻松，仿佛这一摔，把心里所有的琐碎与负荷都摔了出去。回到小路上，前方依然一片繁盛，想起小时候除了倒着走，还曾闭眼睛走过路，便闭了眼，小心翼翼地向前迈了一步，然后毫不犹豫地迈出第二步第三步……心渐渐静下来，有了不一样的感受。能感受到阳光一遍遍地冲刷着我，感受到草气花香的拥抱，能听见远处一条河的轻唱，听见一缕风问候一片叶，听见草与虫的低语。这些曾在我睁眼时所忽略的，此刻拥挤着将我围绕。

一群不安分的青草咬痛了我的裤管，睁开眼睛，再次偏离了小路。脚下一朵不知名的小小黄花正静静地开，蹲下身，它隐藏在草叶间，虽然那么矮，却在我的目光中高举着一种平凡之美。细细的草地里隐匿着许多惊喜，就这样蹲着往前走，大地离我这么近，草丛也成了森林。一只小小的蛙从容地从我脚上跳过，几只蚂蚱身上驮着阳光草影相互追赶着跳跃而去，一只特别大的蚂蚁衔着一粒草籽在翻山越岭，还有许多飞虫爬虫在它们的世界里忙忙碌碌。目光从草尖上掠过去，蜂和蝶竟然这么多，站立行走的时候，目光太高太远，竟无视了这些可爱的小家伙。

累了，站起来，发现这一处草地极为平整。便脱了鞋袜，把袜子塞进鞋里，然后向着前方用力把鞋子抛出去，两只鞋子在空中划过两条长长的弧线，沉没于草丛深处。我赤着脚慢慢悠悠往前走，脚下每一毫米的皮肤都有一种极细微的感受，与微尘的摩擦，还有草叶的轻触，随着脚步力度的变化，每一种感受都在悄悄地变化。脚找到了根找到了故乡，有一种巨大的亲切感，仿佛走回了岁月深处，走回了无忧的童年，也走回了出发的地点。虽然鞋子可以带我们走过千山万水，可有时也是一种束缚，使我们忘了大地与初心。

由于心游万物，竟忘了鞋子被抛去的地方，可我并不着急，光着脚丫子，一步一步与大地亲近着。当我看到两只鞋子时，阳光已先我找到了它们，我拿起鞋子，发现几只爬虫比阳光更早地找到了它们。四望阒然，碧草连天，干脆再躺会儿吧，枕着草，枕着虫声，盖着阳光，也盖着风。

忽然觉得，这是只属于我的世界。不，这是只属于我和大地上那些精灵的世界。

相对忘贫

一出门，就遇见邻家的大爷大娘散步回来，大爷一见我立刻就说："你肯定是要去给学生讲课！"

大娘在大爷的身后冲我挤挤眼睛，我笑着说："对啊！大爷您猜得真准！"

他立刻眉开眼笑："这不算啥，年轻的时候我更料事如神，不信问你大娘！"

大娘笑着附和，大爷很高兴地走进房门。我一时之间有些恍惚，差点儿忘了自己要去干吗。给学生讲课？平生短暂地当过教师，都是二十多年前的事了，开过作文班，也已是十多年前的事了。邻家大爷一直固执地认为我是个教师，他经常是这样，总是判断别人要做什么，或者听到别人有什么事，自告奋勇地去给人家分析推理。很可爱的一个老头儿，让我经常怀疑他以前是不是做特工的。

大爷脾气特别不好，非常倔强，如果外人不顺着他说，他就立刻拉下脸，一声不吭地回家，生很长时间闷气。如果是大娘偶尔不迎合他，那就坏了：轻则伤心失望，骂自己老成废物，谁都不信他了；重则暴跳如雷，大声咆哮，不食不眠。"老小孩"一词，用在邻家大爷身上，真是再贴切不过。

当大爷睡下后，大娘才溜达出来，和一些老姐妹说说话，和街坊邻居唠唠嗑。便经常谈起她老伴儿，一说起大爷，她就忍不住笑："这个死老头子，他年轻时候还不这样！上学的时候数他最能说，总和人急赤白脸地犟，后来，话就不多了，偶尔发表一下意见，不过他有时确实是看得挺准的。这老了老了，反倒话多起来，像要把这辈子少说的都补回来，还把最早时候自以为是的臭毛病又找回来了。天天都得哄着他，得，也是欠他的！"

经常在门前的公园里看到邻家大爷，他在一群老年人中间，大多时候是在倾听，偶尔说几句，显得并不是那么突出。虽然他脾气挺急，可是有两点非常好。第一就是虽然喜欢发表意见，却并不夸夸其谈，不像有些老人说起话来仿佛在做报告或者讲课。第二是从不和别人争吵，老人们在一起闲聊，经常会有话不投机吵起来的情况，可是大爷却不，别人反驳他，他也不接话，不辩论，不抬杠，宁可自己低头生气，或者转身就走。别人都了解他，有时会故意逗他，他却笑："我料事如神，你们这是逗我玩呢，我偏不上当，嘿嘿！"

后来渐渐知道，大爷大娘都是外省的，后来在哈尔滨上的大学，他们是同学，毕业后一起被分配到这个城市。起初在基层工作，后来就是搞技术研究这一类，成家生子。经历了时代变革后，他们又被调到某个院校去当老师，一直到退休。

大娘经常来我家，和我妈聊天。有时她讲过去的事，我妈笑问她："他的祸都出在嘴上，把你都连累了，跟着他这么多年遭不少罪，到老了还对你说发脾气就发脾气，你后不后悔？"

大娘也笑，笑得很明媚："要说起来啊，他对我挺好的！毕业的时候，他本来可以回老家那边，那边的条件比这里可是强太多了，我却被分到这边来了，他为了我，放弃了家里那边，跟着我来了。要是回到老家那边，凭着他家的条件和他自己的能耐，肯定早就有大出息了。就是后来，也有很多次回去的机会，他见我不愿意离开这儿，就也没坚持回去。"

说这些的时候，大娘的脸上有着一种很幸福的神情。说起大爷喜欢推理事情的事，大娘告诉我们，他就是那样，有一段时间不怎么说了，到老了，又故态复萌。其实他的脾气原本也没这么不好，就是后来因为子女都去了外地工作定居，没人对他言听计从了，再加上又退了休，没什么事做，就总觉得自己老了不行了，所以就特别在意别人对他的看法。所以，大娘就每天陪着他，听他说，赞同他，过得非常幸福且有意思。

又过了挺长时间，邻家大爷终于知道了我不是个老师，可他依然表达出他早就猜出我是干什么的却不说破的意思，我便赞他真厉害。那天中午我从外面回来，又遇见大爷和大娘出来，大爷乐呵呵地对我说："你出去找灵感了吧？我猜你要写一篇秋天的文章！"

不用大娘跟我眨眼睛，我就立刻说："大爷您真是神了！年龄越大头脑越好使！"

人何在？

　　有时候，会忽然想起很多人，然后便想，在此时此刻，散落在各地的他们在做什么？或笑语、或沉思，或劳碌、或茫然，或幸福、或悲伤……有没有人如我一般，在刹那的失神中，神飞千里，去想起曾经的那些人，去想那些人此刻在天涯的种种情态？

　　每个人的生命中都会有人来人往，一程程的告别，一场场的遇见，萍聚星散，有些人我们会偶尔记起，有些人便远在回忆之外了，化作回望时匆匆掠过的一个场景，辨不清容颜，甚至名字也已漫漶。只是在时光深处清晰着的那些人和情节，又有多少次与回望的目光相遇呢？

　　一个少年时代的朋友，曾是很知心的那种，常在一起掏心掏肺地说话。后来上了不同的高中，联系由少趋无，再然后就天各一方，转眼三十年。几年前他在网上找到我的微信，加上，也没有很具体地聊几句。一年之中，偶尔问候，更长的是相对沉默。

　　在一个秋天的下午，他忽然发来消息，很简单地问："此刻你在做什么?"看着信息,我愣了一下,我此刻在做什么呢?之前我一直拿着书坐在那儿,目光却一直停留在那一页。想了想,回了两个字:"发呆!"

他说,他之前也在发呆,便想起从前的许多人,有着联系方式的,就发了同一句过去问问,他想知道在此时,那些人都在做什么。似乎得到了答案,就会有一种天涯共此时的感觉。只是,共此时,不是应该彼此想念着吗?否则全世界都是在共此时。所以他才问我们,问了我们,我们便会在此时想到他,也就算共此时了吧!

然后又各自沉默,共此时的状态也过去了。就想到,那些没有联系方式的人,此刻肯定不会想到我吧?那些人或许会在某个刹那的闪念中想到过我,随即便又隐入渺茫之中。我想起那些人,又何尝不是如此呢?除了匆匆的感慨,便什么也没有留下。

更强烈的感慨,往往来自忽然听得某个人的消息。有一次在故乡的小城,偶遇当年住在城市边缘时的邻居,当初我们也是经常在一起说说话,年龄也相差不多。如今二十多年过去,他也是鬓已星星也。只是很奇怪,我算是一个比较怀旧的人,而且记忆力也比一般人好些,很多细节,许多年后我依然会清晰。只是,这个邻居,似乎却从未走进过我的回忆。只在这一刻的遇见,才惊醒那么多的过往。

倒是另一个邻居总是想起,当年也是和我相仿的年龄,我们经常在一起下象棋。那时候的我,对象棋的痴迷程度远超写作,持续了近两年的时间。而那个邻居,和我同样痴迷,于是便有了很多交集。恰好眼前的这位故人正说起:"那个天天和你下棋的大超还记得吧？你走了以后他还是天天研究象棋，你当初不是得了个地区业余第一名吗？他也得了，还得了市里的和省里的不少第一。后来从业余进到专业，当时还有不少报纸报道呢！现在是有大出息了，那些年成了国家大师，然后出国了，教国外小孩下象棋！"

很是有些唏嘘，果然是很远很远了。有着一种自豪和失落，当初的我，何尝不是想着把象棋作为一生的爱好和事业呢？只是辗转之中，曾经的热爱，也像那些曾经的人一般，飘摇远去。他的成功，仿佛接续了我的梦想，所以不管他在何处，我也会在想起他时，有一种欣慰，仿佛天涯也并不遥远。

其实，不管人在天涯，在海角，即使不知具体何处，想起时，那种情绪都可以覆盖过去。不管那人知与不知，想到了，就当又聚了一次。

有一次真实的相聚，小范围，依然是故乡的小城，几个曾经的朋友欢饮畅谈。其中一个是我同学，也是很偶然地说起当年的一个老师，那个老师也是我经常想起的，可以说对我影响很大，如果没有她，我也许不会走上写作这条路吧！他说那个老师已经过世快二十年了，便一惊，复一悲。那时候，她只三十岁左右，算来不到五十的年龄，便走了。世事无常，虽然每天都有很多人在告别着这个世界，但是与我们无关的，便不会有什么悲伤。可是，每个人的离开，都会有人为他悲伤，就像那一刻的我，愣在那里，心中穿行着无数泪水与往事。

那么，以后再想起那个老师时，我的思念便不再无远不至，人何在？人何在！时间的久远，空间的辽阔，其实都不是距离，只要能够想起。只是，远如隔世，远得连回忆都追不上了，才是真正的苍凉吧？

如今，我依然会时常想想曾经的那些人，就当是一种孤独的珍惜。此时此刻，他们在哪里？又在做些什么？

光阴蝶影

闲翻一本很旧的书，在两页之间静静地躺着一只蝶，它已经干枯，却依然纤毫毕现，像时光里那些毫无生机却又清晰的情节。愣怔良久，其实我很讨厌将蝴蝶作为书签夹在书里的行为，把一朵会飞的花扼杀在书的美好情节里，怎么想都是一件残忍的事。

可是，在这本书里怎么会出现一只蝴蝶呢？看着书的封面，遥远的光阴渐渐苏醒过来，我记起了这只蝶，还有那个小女孩。三十年了，那么深远的岁月，在此刻的回眸中，尘烟散尽，依然流淌着最初的清澈。

那个夏日午后，我拿着一本新买的书，坐在呼兰河畔的草地上静静地看，阳光和风在周围游走，流水声打湿了书里的许多情节。这个时候，便看到一个十二三岁的小女孩拿着一根木棍，木棍的另一端是一个小网，正飞跑着捕捉蝴蝶。我起身追上去，告诉她蝴蝶只有飞舞着才是好看的，捉了就不美了。可是小女孩根本不理我，依然洒下一路笑声。她捉到了一只，我又告诉她蝴蝶其实是益虫，她依然充耳不闻，小心翼翼地用双手把蝴蝶拢住，然后再把双手举高，轻轻打开，蝴蝶便迎着风驮着阳光，在小女孩的笑声里翩然飞走了。

我也笑，放下心来，继续坐在那儿看书，偶尔抬头，看见小女孩又去追另一只蝴蝶了。周围很多的蝴蝶，在野草野花之间穿梭舞动，便觉得时光都泛着涟漪。很多年后，当我写出那句"今年的蝴蝶寻不到去年的花"，心里是伤感着的，因为我也再寻不到曾经在草地上看书的那个走在青春尾巴上的青年。

小女孩玩累了，坐在我身边，好奇地看着我，忽然说："我知道的，我爷爷告诉过我，蝴蝶还是虫子时是害虫，变成蝴蝶后就是益虫。"我就笑，也有些感动，为了这个小姑娘的懂得，还有那种善良。可是她又说："我爷爷还告诉我，其实什么益虫害虫也不是绝对的……"她一下卡住，似乎是记不得爷爷怎么说的，或者自己也没有理解是怎么回事。我就笑："你爷爷好厉害！"她也笑："那当然啦，你看，他就在那边！"

我转头，不远处有一个老者倚在树上，也拿着一本书在看。被他的气质风度吸引，我和小女孩走过去，小女孩拉着爷爷的胳膊："爷爷，爷爷，你快给这个大哥哥讲讲害虫益虫！"老者摘下眼镜，看了看我，又看了一眼我手里的书，笑着说："你还是学生吧？"我不好意思地说："复读了一次高三，今年高考又结束了！"

小女孩还在摇着爷爷："你快讲害虫益虫嘛，我还想再听一遍！"我也向老者请教，为什么益虫害虫不是绝对的，老者抬眼看了一下满天飞舞的蝴蝶，悠悠地说："那些虫子是害虫，因为吃蔬菜叶子，可是变成蝴蝶，却能传播花粉，就变成了益虫，其实很多小东西都是这样。"我点头，小女孩也点头。老者的目光追逐着那些蝴蝶的身影，却是话头一转："你们别看蝴蝶那么弱小，活的时间也不长，可在我们人类出现之前，它们就已经在这地球上飞了，已经飞了几千万年了。"

我和小女孩也用目光去捕那些美丽的身影，真没想到，它们竟有着那么长那么长的历史。老者收回目光，对我说："人类出现之前，这世界上哪分什么害虫益虫？是人类出现之后，才把它们分的类。其实，它们比我们历史长，它们才是地球上的主人，或者说，它们和我们人类是共同拥有地球的。"

我忽然间觉得好像打开了一扇门，老者的话竟然是我从没有听过的理论。小女孩眨着眼睛，虽然听不懂，却也听得很有兴趣。老者继续说："我们把它们分成害虫益虫，主要是从它们对我们人类的那些植物什么的有害或者有益的方面来划分的。可是啊，这其实是来源于我们人类的自私，都生活在这个地球上，就因为我们人类有着更高的智慧，有着统治地位，就把它们随意划分吗？"

老者轻叹了一声，那声叹息是那么长，他拉着小女孩的手走了。我却怔在那里，越咀嚼老者的话，便越觉得深奥，竟是想得痴了。不只是小小的蝴蝶如此，不只是害虫益虫如此，似乎在哪个方面，都存在着这样一种光明正大又理所当然的自私。所以，那个时候对前路充满着信心的我，第一次有了一种说不清的沉重感。

这时，小女孩又跑回来，拿着一只蝴蝶，她说："你夹在书里吧，它不知怎么死的，我才捡着的，我觉得它很可怜。"小女孩说的"可怜"，让我又有了另一层的思索与沉重。

在三十年后的这个午后，看着静静躺在书页间的那只蝶，想象它曾经怎样美丽地飞舞，又怎样悄悄地陨落，想着这许多岁月里我在这个世间浮沉辗转，想着也曾经历了那么多的不公，便觉得当初的老者是多么睿智与通透。

那只蝶仍静默于书页上，却在我的心底翩然飞起，飞过那么多的沧海桑田，飞过那么多的日月流年，在我生命里写下了美丽，也写下了深刻的苍凉。

心情的颜色

更多的时候，你觉得等待的心情是黑色的，仿佛无边无际的夜流进了心底，淹没了许多旖旎的憧憬。那种沉重让你把希望变成了失望，心绪就走在崩溃的边缘，因为你心里的那个目标太遥远。于是，所有的黑夜都横亘成山，所有的白昼都深积成渊。你忽然发现，等待并不是原来的等待，似乎只是在等着一个绝望。

而有的时候，你觉得等待的心情是金色的。那是受到了鼓舞，看到了希望，而自己也充满了力量，所有的心情都阳光般铺展成一条亮闪闪的路，越过千山万水也越过日月流年，那样的时刻，你相信，你所等待的定会含笑而来，或在不远处凝望着你。可是这种心情总是那么短暂，如朝露易干彩虹易散，你会有微微的气愤，会问自己这等待的意义是什么，问得多了，便怀疑起来，希望全沉默成了烦躁。

在某些个波澜不惊万虑皆宁的时刻，你发现，那种等待的心情是白色的。而白色与白色却又迥然不同，心绪与时光都静而美的时候，那种白是纯净的，是将要生长出许多绚烂的美好。可是无力无奈的时候，虽然觉得什么也没有去想，似乎什么也都不在乎，但那种白却是苍白，是素淡，是没有生机的苍凉。可是你又难以选择哪一种白，就像难以改变曾选择的那条路。

在苍白之后，你会有短暂的彷徨，可等待却如影随形，并不因你的犹疑而减弱半分。于是心情就成了灰色，仿佛第一缕夜就要来临，又仿佛是最后一缕夜将要过去。你很清醒地认识到，接下来是永夜还是凌晨，全在于是放弃还是继续坚持。你根本不用选择，正因为一直坚持着，才会让等待有着那么多的颜色，才会让心情如此起伏跌宕。于是眼前和心底的灰色，便不再能笼罩住天空，仿佛一伸手就能把它撕破。

于是你撕破了那层灰色，星光月色便洒了下来，把那种等待的心情镀成了银色。你喜欢这样的等待，喜欢这样的心情，觉得一直以来的苦累都得到了释放，前路上烟尘依然，可却阻挡不了心情和脚步。你钟情于这个颜色，就像钟情于那个心心念念的目标。银色的心情带着一种梦幻，融进哪里，哪里就充满了生机与神秘。

虽然你有时候看得透想得开，但那也只是让你在等待这个大方面不动摇，而过程中的种种痛苦难熬，依然会让你受尽折磨。所以在某些个不被预料的时刻，你会烦乱无比，希望与失望交织，生气与愤怒夹杂，上一秒甜蜜下一秒就伤心，就像所有的色彩纷至沓来，搅成一团乱麻，缠绕住心。你只有忍受，等着风平浪静，也只有这样，过去之后，才会像一种新生，感觉所有的心情都是崭新的，所有的等待都生动无比。

所以你在一个很平静的夜里，更是想明白了所有，等待之所以叫等待，就是因为有着这样多变的心情，有着这么多或幸福或痛苦的经历，有着这么多的坎坷与感受，才会让人如此流连而欲罢不能。所以，你觉得你的等待一直是积极的，虽然有黯淡的时刻，可是没有黑暗哪里有星光指引方向？

所以你更喜欢这样的等待的心情，它是红色的，是你心的颜色，随着每一次心的跳动而有着生生不息的力量。因为你相信，相信自己，也相信远方的目标，你盼望着，在那个抵达的时刻，回首这所有过程中的种种，去体会一种苦尽甘来的幸福与满足。而曾经所有心情的颜色，也会弥漫成这世间最幸福的风景。

最美的梦话

临出门前，她回头说："爸爸再见，妈妈再见！"妈妈热情地回应，并笑得灿烂，爸爸拿着一张报纸，眼睛都没抬一下，只发了一声若有若无的"嗯"。

走在上学的路上，她回想了一下爸爸的态度，也没什么不舒服，因为早已经习惯了。从小到大，她几乎没感受过父亲对她的热情，像别人家的女孩被父亲带着出去玩，或者在父亲的怀里幸福着，在她的印象中就从没有过。偶尔父亲对她笑笑，她就感觉是过年了。

每次考了班级第一名，回来兴冲冲地告诉爸爸妈妈，妈妈依旧惊喜，爸爸依然波澜不惊。甚至每年过生日时，爸爸也是笑得很勉强的样子。他也给她买礼物，往那儿一放，也不说什么，仿佛遗忘在那里一般。当爸爸自己过生日时，她欢快地唱生日快乐歌，给爸爸戴生日帽，为他献上自己做的小礼物，爸爸却像傻了一样，只呆呆地任她折腾，然后也会傻傻地笑。她便也笑，觉得这个时候的爸爸，才有些像爸爸。

有时候仔细想想，这十几年里，爸爸和她说过的话都是有限的。她觉得很不可思议，自己的爸爸，他们说过的话，都没有她和门前卖冰棍儿的大娘多。她也曾问过妈妈，妈妈每次都笑着说："你爸就是这样的人，不用理他！"她眼中的爸爸，虽然不热情，却也不那么冷漠。她学习那么优秀，爸爸没有表扬过，她也会故意做错事，故意气爸爸，也没见爸爸气得如何，没见爸爸训斥她。后来她想，这就是平淡吧，这才是最可怕的。过于热情，或者打骂她几次，她还会觉得那是爱的表现。

于是有一段日子，她有了一个猜想，自己该不会是被抱养回来的吧？越想越像，而且自己和父母的样子似乎真的没有什么相似的地方。可是自己出生后的那些照片，真实存在呀！她不露痕迹地问妈妈自己出生时的事，妈妈便很愿意给她讲，讲怀着她时候的辛苦，讲她刚出生时的丑样子。她隔一段时间，就问一次，发现妈妈每次讲的都一样，细节都没有变化，看来确实是妈妈生的。

那么，妈妈是亲生的，也许爸爸不是呢！想到这些，她自己都感到好笑，便在头脑中生发出许多情节。只是随便想想，她已经笑得不行，觉得自己都可以去写小说了。

她很独立，从很小的时候就自己住一个屋，上学后基本也不用接送。即使现在中学每天上晚自习，她也自己回来。每天看到校门外那么多车那么多家长来接送孩子，她并不怎么羡慕，反而有些看不起那些学生，连上学放学这么点儿事都自己做不了，真是"巨婴"。每天下自习走在回去的路上，她都会不时地回头看几眼，或者看看路边的阴影处，想着爸爸会不会像书上的情节那样，悄悄地跟着她保护着她。可是每次都没看见，她也没有多少失望，她明知道爸爸是不会来的。

也曾偷偷翻看爸爸的日记本和电脑，因为她觉得爸爸就像妈妈说的，就是那样一个人，可能是不善表达或者不会表达，可是心里却对她爱得不行。可是，她翻遍了父亲可能留下文字记录的每一处，都没有找到只言片语的爱。

那个周日上午，妈妈出去参加婚礼，她安静地复习功课，爸爸在房里睡觉。她出去倒水喝的时候，经过父母的房间门口时，忽然听到爸爸在说话。起初以为他是在打电话，可一听不像，便停下脚，把头探进门里，却见爸爸躺在床上睡得正香，嘴里叨叨咕咕地说着梦话。她来了兴趣，往屋里走了几步，想听得仔细一些。

"路上慢点儿，看着点儿车……爸爸喜欢宝贝画的画……又考第一，宝贝真棒……没考第一也没事，咱们……不做第一……做唯一……我跟你说啊，我家宝贝最独立……最聪明……"

她惊讶极了，然后就起了调皮心，问："你家宝贝是谁啊？"

没想到梦中的爸爸竟然真的含含糊糊地回答："是我女儿！"

"那你爱你女儿吗？"

"废话嘛……"

爸爸忽然一翻身，她赶紧跑回了房。听人说，别人在说梦话的时候，有人问，说梦话的人会不自觉地回答，看来真是如此。回想爸爸的那些梦话，她一时痴了，心里暖暖的，她好想痛痛快快地大哭或者大笑一场。作业也无心写了，她坐在那儿，呆呆地，感觉今天是一个很特别的大日子。

妈妈回来了，爸爸也醒了，她满屋走，不停地傻笑，妈妈问："这丫头今天傻了吧?"她也不理，依然笑，直笑得爸爸没有表情的脸都写满了疑惑。

第二天早晨，临出门前，她回头说："爸爸再见，妈妈再见!"妈妈热情地回应，并笑得灿烂。爸爸拿着一张报纸，眼睛都没抬一下，只发了一声若有若无的"嗯"。

她忽然回身走到爸爸面前，说："爸，你想说'路上慢点儿，看着点儿车'，你就说出来啊!"

看着爸爸的脸一红，有些尴尬的样子，她不由得笑出声来，转身走出门。走在上学的路上，她觉得脚步从没有这么轻快过，轻得就像要飞起来。

第五辑
沉默在时光深处的少年

我不知道是哪一阵风，吹来了旧梦的片段，然后，那些散落在记忆深处的点点滴滴，便聚星成月，照亮岁月深处的那个夏天。

涕　下

男人的哭，即使默默，也似于无声处听惊雷。若是大放悲声，则更是穿透人心。

项羽被围垓下，四面楚歌十面埋伏之中，悲吟"力拔山兮气盖世"之后，对美人骏马，泣下数行。从来英雄末路都会让人扼腕，而英雄之泪，则更令人荡气回肠。那些泪都带着血，带着不甘，带着被斩断的雄心，每一滴都重如千斤，化作千年后世人眼中的山岳。

一千多年前，代表着招贤纳士的黄金台上，三十八岁的陈子昂怆然而涕下。怀才不遇，满腹良谋的他却被武攸宜一次次弃如草芥，甚至被一贬再贬。他那一声叹息响彻天地，他那两行泪水，早已汇集成一片无涯的海。

有些人，虽然生前未见其哭泣，可死后却赢得太多人的眼泪。岘首山上的那块石碑，古往今来被多少泪雨滋润，从而成为世间的一种神圣。人们为之而泪下，一是因为羊公之德流泽深远，流淌在世代之人的心底，再就是痛惜世间再无如羊公之人。

古人落泪的风采已飘摇成故纸堆里的传奇，只是每次读之，犹可见那些点点斑斑的泪痕，洇透重重的岁月。而今人的泪，平凡人的泪，也总是将我的心淹没。我见过一个男人当众失声，也见过一个男人面无表情泪却不止。能为我们所见到的，已然动人心魄，而那些独自向隅的饮泣，又该是怎样的伤情伤心呢？

女人的眼泪总会成为别人眼中的一抹风景，悲伤也是美好。也许男人很少哭，更少当众哭，所以才会有着另一种直入心灵的深沉与悲凉。走过儿童少年时代，多少眼泪便已不在人前去流淌，多少眼泪都已风干在岁月深处。也曾在失去亲人时痛苦难抑，也曾在无穷的挫折后独自黯然。这是每个男人都曾有或将会有的时刻吧，尘世间的生离死别、落魄失意，经常会如影随形。

除了感动的、悲伤的、低落的，甚至忏悔的、羞愧的，这种种泪水，都能洗亮我们的眼睛。刚刚步入中年的时候，有那么一个晚上，回想匆匆二十年，忽然就悲难自抑。并不是为曾经的那些往事，也不是为失去或得到，就是觉得有一种挽不住光阴的无力感，年华逝水，悲哀也是如水般深且长，便淌下泪来。然后便觉得心底的郁积消散，还要用有限的生命继续去走向时间的无涯。

我不知道，你有没有过那样的时候，不为什么，甚至没有心情的波动，忽然就流泪了。我却是曾有过，就像很晴朗的天空飘起一阵雨，来得毫无预兆，和阳光一起洒落。太阳雨洗过的天地，更为明净清远。那样的泪水洗过的世界，也是同样充满了生机，仿佛把心上的经年尘埃也都濯尽。这样的泪水，也是可遇而不可求的吧，如刹那间闪过的灵感。

很多年前，在小城火车站候车，由于车晚点几个小时，已是深夜，候车室里的人都已昏昏欲睡。在我对面，一个三十多岁的男人倚在一个破旧的大行李包上，正在酣睡。忽然，他就哭出声来，很大的声音把目光都吸引了过来。哭了几声之后，他就醒了，坐在那儿愣怔良久，脸上犹有泪痕。我不知道他在梦中遇见了怎样的人或事，才会让泪水和悲伤流出了梦外。我只知道，在他流泪的时候，一定是有什么触动了心底深藏的记忆。

　　悲到极点，便没有了泪。沉默的哭声，无形的泪水，更能直接触动灵魂。"悲歌可以当泣，远望可以当归"，则又更进一步，心底该是积压着怎样的情绪，才能长歌当哭？那是悲痛在生命中堆积成山，那是泪水在心底奔流成海。没有一种哭，会如此山高水深。

　　其实，男人在真正流泪的那一刻，便已被洗去了层层伪装，便已感受到了生命的山高水深。

为者常成，行者常至

几年前，闲看《晏子春秋》时，看到"为者常成，行者常至"这八个字，很是不以为然。觉得许多所谓的名言警句，太过于绝对，为了给人一种鼓舞，而忽略了许多东西。为者常成，做就能成功吗？不需要方法吗？走就能到吗？如果错了方向呢？而且，"常成"与"常至"，其实也非常态。虽然有人会举出很多例子来说明，其实，同样做一件事，同样向着一个目标出发，十个里有一个能成功的，都是罕见。

这不是抬杠，也不是鸡蛋里挑骨头。也许，对于未受过挫折，还满心豪情的年轻人来说，这是金科玉律般的信条。而对于那些走过半生，却依然平凡平淡的人来说，便只会一笑而过了。回想我这许多年，所为所行也很多，而成者至者，却是寥寥。我知道有人会说，那是因为你没有一直为下去行下去，坚持，就能成功。可是，我自己的那么多经历，已然让我明白，太多的事，并不是坚持就能成。我不知道，明知不能成还要坚持一辈子而无结果，是一种骄傲还是一种悲哀。

年轻时有一段时间是那么热爱下象棋，并为此付出了很多努力与心血，也因此取得了一些成绩。只是后来终于在生活的拥塞中，把象棋挤出了我的生命。这也许是我很少后悔的事情之一，我承认，这个没有坚持下来，是一种遗憾。而且，人们总是觉得，所为的事，所行的路，必是那种"高大上"的，至少也是能取名与利之一种，或者是那些有着实际作用的。下象棋这样的事，似乎哪一条都不占，我放弃或坚持，人们不会注意也不会在意。也许就是在这样的情况下，我把它弄丢了。

为稻粱谋，是生存的基础，所以对于工作来说，可能有些人是不热爱的，却是干到了退休。所以工作方面，许多人在为与行，也最终成与至，并不能说是被迫的，但也是随波逐流的。因此，更多的时候，我们说所为的事，所走的路，或者是说和梦想有关的，往往是工作以外的东西。也就是说，真正的生活是工作之余的，工作虽然占了大多的时间，却是为了生存。当然，你热爱的钟爱的工作除外。

我工作之余，是有着自己的热爱的，那便是写作。写作，其实并不单是指一种写的状态，还包括平时的观察、倾听与思考。所以，写作也就渗透到了工作之中，工作并不影响头脑中的构思，并不影响收集素材。这样一来，生活与生存便有了交集。后来，我终于辞去了工作，恢复了自由，靠写作也能生存了，至此，生活与生存水乳交融。

当我不再在意一些名言警句的时候，却反而对其有了不同的感受。比如再看这句"为者常成，行者常至"，便觉得其中的"成"

与"至"似乎另含深意。重新梳理那些过往，发现，虽然诸事未成，但是于那些半途而废的种种之中，却也明白了许多东西；而在曾经走过的那么多歧路上，却也领略到了不一样的风景，有时甚至会阴差阳错地抵达不曾预料的美好之境。这也应该是一种"成"与"至"吧，虽然与所为所行的初衷不同，但毕竟也是收获。如此，放弃的、失败的、错过的，也都有了意义。

一直做，别有所得是有可能；一直走，曲径通幽也说不定。

梦想肯定是与热爱有关，我的梦与爱，便是写作。在这件事上，在这条路上，我想我会一直坚持下去，只为本心，不论悲喜。而且，就算垂老而无成，就算将死而不至，我也会有着满足与欣喜，那种坚持，也会成为我一辈子的骄傲。

沉默在时光深处的少年

我不知道是哪一阵风，吹来了旧梦的片段，然后，那些散落在记忆深处的点点滴滴，便聚星成月，照亮岁月深处的那个夏天。

那个连阳光都慵懒的午后，十二岁的我站在村西的大坝头上，小水库里的水和岸边高高的蒲草都沉默着，偶尔不安分的风和调皮的鸟，会相伴着从身畔掠过。身后的村庄也是一片寂然，家禽家畜都躲在背阴处，酝酿一个短暂的梦。

我四顾之间，并没发现可以吸引我的事物，正想往回走。这个时候，忽然看到不远处大坝下面的土路上，三辆绿色的大卡车开过来，上面站满了人。立刻，天地间便生动起来，我的心欢快地跳跃。终于来民兵了！由于我们村的地理环境比较好，很适合民兵训练，所以每年夏天，都会有许多民兵在这里训练一个月。那一个月，也是我们这些小孩子最快乐的日子。

我跟着三辆大卡车跑进村子，村子立刻也活跃起来，狗叫声此起彼伏，许多人睡眼蒙眬地跑出院子，看发生了什么事。小孩子也是越聚越多，最后都跟着拥进了村部的大院。我们看着来自周围十里八村的那些民兵，在院子里站好了队，不一会儿，我们村的几个小伙子也加入了其中，一共有一百来人。然后，有几个穿着正规军装的教官开始训话，并把这些民兵分排分班，选出了临时的排长班长。

我们站在周围，兴奋地指点着。我看见一个个子最矮的，站在队列的末尾，也就十六七岁的样子，专心地听着教官讲话。他的脸圆圆的，眼睛大大的，看了让人产生一种莫名其妙的好感。那个午后，一直到他们解散，我的目光在那个小个子民兵身上停留得最多。不知道为什么，我喜欢看这个小哥哥，看他的每一个表情。

民兵们分住在村里一些有空屋子的人家，前院的大表哥家的西屋也住进去十多个。晚上的时候，我去前院找大表哥家老三玩，竟发现那个小哥哥也住在这里。当时他们正在西屋里试新发的军装，虽然训练完要交回去，可他们都很高兴，不停地在镜子前照。那个小哥哥却坐在炕沿上，并没有试军装，他只是看着他们，有时也会笑一下。忽然他就看见了我，大大的眼睛闪烁了一下，冲我笑。

第二天一大早，我就起来了，村西的空地上已经响起了口号声。匆匆跑过去，一些伙伴已经在那里了，民兵们正在不停地立正，向左转，向右转，向后转，我们也跟着学。然后，他们开始跑步，一圈一圈，我们已经跟不上，累得坐在地上，他们还在跑。每个人的差距就渐渐显现出来了，小哥哥被落在最后面很远，已经满脸的汗，可他依然坚持着。终于跑步结束，短暂的休息，他正好经过我身边，便一屁股坐在我身旁，很粗地喘息了老半天。

我问他："累不累？"

他说："还行，能挺住，挺过来就好了！"

然后又简单说了几句，就是他问我叫什么多大了，然后又告诉我他是哪个屯的，叫什么。三十多年过去，我只记住了他是十六岁，别的都漫漶了。

　　吃过早饭，他们依然在村西训练，踢正步，来来回回，踢得阳光下尘土飞扬。几天的新鲜劲儿一过，村里的孩子们便渐渐失去了观察他们的兴趣。我们最期待的是他们打靶，那才是最高兴最有意思的时候。可是我每天还是要去看上一会儿，就想着看看小哥哥训练有多么刻苦。这些基础项目的训练，小哥哥基本都不占优势，排在最后面。面对同伴们的嘲笑，他也不生气，不言语，咬牙跟到结束。

　　小哥哥是沉默的。他不愿意说话，只是听着别人说，然后好看地笑。有一个晚上，我从大表哥家回来，他也跟着我走了出来，在我们两家之间的菜地里，他跟我说，他以后要去当兵。那个晚上有月亮，很亮，他的眼睛也很亮。忽然他就来了兴致，说他翻跟头给我看。于是，他就在空地上翻了几个前手翻，很灵巧，让我羡慕不已。他就说："以后我教你，很容易做到的。"那个晚上很凉快，有长长的风，他和我在菜园里站着，我们一边说着早已不记得内容的话，一边不停地拍打着蚊子。直到很晚，才各自回去。

　　小哥哥也是厉害的。一个傍晚，吃过饭后，我在村里闲逛，路过一家的菜园时，有个青年喝醉了，正蹲在墙头上吃黄瓜。见我过来，便大声呵斥着，我便跑，他就追。眼看要被追上的时候，正巧遇到小哥哥从另一个民兵居住点回来，他把我护在身后，喝醉的青年便不停地推搡他，最后还打他。小哥哥后来急了，很伶俐地动了两下，就把那个青年推倒在地。然后围观的人就多起来，再然后，小哥哥就受了处分。

那个傍晚，小哥哥在村西的空地上被罚跑二十圈，我坐在一旁看着数着。看着夕阳掠过水库的水面斜斜地照过来，把他的影子拉得老长。他便拖着越来越长的影子奔跑着，沉重的脚步声把天都敲得黑了下来。终于，我数完了二十圈，他一屁股坐在我身边，呼呼地喘着。

我问他："累不累？"

他说："还行！以后去当兵了，训练要比这累得多！"

小哥哥更是优秀的。村里的孩子们终于盼来了打靶的日子，那可是真枪实弹，对我们有着无穷的吸引力，而且，还会有许多后续的乐趣等着我们。在远处大土岗的下面，竖起了五个靶。民兵们便五人一组，每人五发子弹。他们听着口令，进行着每一步的操作。我们都被看管在安全距离之外观望，只等着教官下令"射击"。终于，枪声接连响起，我们紧盯着那些飞跳出来的弹壳，记住它们的落处，那将是我们的第一次收获。

许多人都是第一次射击，虽然平时已经熟悉了那一套要领，可是真正打靶的时候，却没有几个能把五发子弹都打中靶的。这个时候，轮到小哥哥上场了，他卧在地上，第一个开了枪，几乎都没怎么停顿，五枪就打完。那边报环数的时候，他基本都是七环以里，是成绩最好的。一时大家都纷纷对他刮目相看，我也兴奋地鼓掌，可是他依然不说话，略带羞涩地笑。

终于，他们都打完了，早已等不及的孩子们呼啸而上，去捡拾那些落在草丛里的弹壳。一愣神的工夫，我就被甩在了后面。等跑到前面，那些伙伴已经开始疯抢，甚至因此打得翻翻滚滚。

我不喜欢去争抢，便在近处仔细地寻找，却是一无所获。正失望的时候，小哥哥走过来，从口袋里掏出一把亮晶晶的弹壳递给我，什么也没说就走了。

捡完弹壳，我们便奔向靶后面的大土岗的土壁，那里弹孔密布，于是各占一块地方，用自带的工具沿着弹孔挖，直到挖到弹头。弹壳和弹头，我们是用来做飞镖的，那个过程我一直觉得复杂，便也没有做成功过。经常羡慕地看着别的孩子，扬手打出飞镖，钉在树干上。那天晚上，我看着小哥哥把弹头的尖端和平端都磨掉一部分，然后放在火上烧，直到把里面的锡烧得化了淌出来，里面的钢芯就掉了出来。他把一根粗针放进弹头里，针尖便从前端露了出来，再把丝绳拆成的缨放进去一部分，把钢芯砸进去，就把缨固定好了。他一连做了五个，然后一扬手，五支飞镖飞出去，都扎在我家的院门上。

这是他留给我的礼物。民兵训练就要结束了，离开前的那个晚上，我和小哥哥站在村西的大坝头上，没有月亮，只有满天的星光。我俩在一起，依然还是那么少的话。终于，他说，等我当了兵，给你写信，给你寄军帽。我说，你再翻几个跟头给我看。他便翻了几个跟头，然后，我们坐在星光下，都看向未知的远方。

真不知道，是什么，让我们一大一小两个少年相互吸引，即使说的话不多，也愿意陪伴着。也许是我们共同的内向，或者沉默。从第二天开始，我们就再也没有见过，也不知道他的愿望实现了没有。直到我家两年后搬离那个村子，便和一切相隔得更远了。

可我却总能在回望里，看见当年的那个小哥哥，那个沉默的少年，他不多的话语，还有他朴素的理想。

气质如后背

自从"气质"一词由古罗马的盖伦提出以来，已近两千年，其内涵不断演化，到了现在，已经是被用滥了的词语之一。

什么是气质？当然这里指的是对人的描述而言，而非医学上的专业术语。各种定义各种解答很多，而且每个人也有每个人的看法。其实，往往很多人都觉得某人有气质的时候，某人并不一定真有气质。气质和认同人数的多少并没有关系，它是一种客观存在，并不全是观者心中的感受。

我觉得，气质是由内及外的存在，是内在的丰盈无意间的溢出，是一种自然的流露。现在都有一种错觉，只注重外在的，赏心悦目并不一定是有气质，孤高出尘也不一定是有气质。所以，气质不是装出来的，更不是练出来的。没有内在的支撑，外在的种种都只是浮光掠影，没有长久的生命力和感染力。

所以那些高冷范儿，那些挤眉瞪眼，那些摆酷造型，是离气质很远的，也许等他们不再表演，卸去了伪装，不在聚光灯之下，不在众人目光之下，那个时候，才会看出是不是真的有气质。

经常听到有人说，让孩子去学舞蹈吧，气质会好。我对这个因果关系百思不得其解，后来猜想，也许他们觉得孩子把形体练好了，让人看着舒服，这就是所谓的气质。这其实比那些装的表演的更表面，更浅层。如果头脑中没有东西，外表再出众，也只是悦人眼目而已，而且如果太过了，就反而是做作，甚至丑陋。

那么，看到一些人，他们确实很有些真才实学，在电视上，在各种讲坛上，引经据典，口若悬河，这是不是就代表有气质了呢？这个也是不一定的。之前我说气质是由内而外，这个"外"，不是主动表露，而是无意流露。肚子里有一桶水，主动往外倒，不是气质；水满了，自己溢出来了，这才是气质。

我并不是在否定舞蹈和讲座，舞蹈有着形体之美，讲座有着解惑之意，这都是生命中的美好，我说的是，这些，并不一定和气质有关。那么，是不是说，凡是呈现在大庭广众之下的，都与气质无关呢？当然是否定的，因为这根本就不是一回事，也构不成因果关系，如果真有气质，在哪里都会流露。

越是想表现出气质，则离气质越远。这有些像人格魅力，是无形中散发出来的，给人以感染力，不能通过伪装和表演来获得。而且，气质，也并不是用来展览的，它更多的时候是被感受到，而不只是被看到。气质不能成为一种工具，却可以收获很多欣赏与感动，能当成工具的气质，就不是真气质。

我们发现某个人有真正的气质时，那个人往往是不自知的。如果想着，我很有气质，我要收割所有人的目光，那肯定是没有气质。

良心如梦，只有自己看得见，别人看不见；而气质如后背，别人看得见，自己看不见。而我们要做的，就是忘了什么什么气质，只是努力地去充实自己，让自己有一颗不卑微的心和一条不弯曲的脊梁！

容而不融

以前看小说《封神演义》的时候，总是对于其中的反面集团截教有着好感，反而对千人一面的阐教很反感，也说不清为什么。后来仔细想想，可能是因为通天教主择徒有教无类，也没有用很多条律去约束众人，所以无论人或妖都可入其门下聆听大道，而且都保持着各自的个性。

而再看小说里的阐教，虽然是很正义的样子，每个人都仙风道骨，但总觉得磨灭了个性，他们真正融入了某种教条之中，似乎是复制出来的每一个人，已经难分彼此。也许那就是真正的神仙吧，没有了人的各种情感和欲望，也没有了那种让人喜欢的特点。

便想到，不只是小说中如此，在现实中的人们，也大多如此。我们在工作中，在学习中，甚至在生活中，总是被某些条条框框或者大环境禁锢着，影响着，时间久了，便也成了环境的一部分。而且无怨无悔的，似乎大家都如此，便应如此。我们也都很想影响别人，改变别人。于是，就有了老师教出一群一模一样的学生，就有了领导带出一批言听计从的下属。

这并不是说，我们要与别人与环境格格不入，而是我们作为一个存在，与环境和别人是相得益彰的，而不是如盐入水，了无痕迹，千人一面，似乎自己不是自己，自己也不属于自己。同样，当你试图去改变别人的时候，有可能连自己都改变了。环境与人群，是我们的土壤，我们在这片土地上开出属于自己的平凡或者灿烂，而不是都化作土壤，要是如此，再肥沃的土地也是一片荒凉。

土地是伟大的，它并不把种子化作它的一部分，也不把山川万物化作它的一部分，它包容着一切，却不把任何东西融入自己的体内，所以才成就了这个世界的多姿多彩。就像是一只蚌包容着那粒进入它体内的沙，而不是去把它消化消融，天长日久，那粒沙变成了珍珠，成为它身体最璀璨的存在。所以，我们不一定非要把一切都融入自己，我们更可以如大地如蚌一般，去把那些不同于自己的，变成自己的美好点缀，而不是变成自己的一部分。包容之心，可以兼容并蓄，成就万千。

人与事之间，事与事之间，也是如此。我们有时候总想去改变一些事，却往往事与愿违。接受一些事，并不代表妥协，没有什么是不能相容的。更多的时候，总有一些事和自己所做的事相矛盾。比如你所从事的工作并不是你喜欢的，而你喜欢的事又不能一时让你养家糊口，或者与挣钱无关，这种情况下，你会怎么去做？是让不喜欢的工作把喜欢的事湮没，还是为了喜欢的事放弃赖以生存的工作？其实，许多事并不是水火不容，总可以找到共存的方法。

包容与宽容，既做了自己，也成全了他人。

两个相融的人，会彼此丢失自己，两件相融的事，会各自偏离方向。

被岁月篡改的

可能每个人都会在岁月中有过那样一个早晨，面对着镜子，发现自己面目全非。从而想到，不只是容颜，包括内心，包括许多的往事，包括曾经走过的路，还有那些路上的风景，都已不复从前。便会喟叹，问初生的白发，问不再清澈的眼睛，问心上的第一条皱纹：是什么改变了这一切？

是岁月吗？时光的河无穷无尽地流淌着，每个人都不可逆转地向着未知的前方疾驰，匆匆在身畔游走的，除了刹那的惊艳动心，终是飘摇成遥远不可碰触的风景。总是觉得一天抄袭一天，可是回望时才惊觉，曾以为一成不变的种种，已不知何时暗暗更换。岁月的确可以改变太多的东西，我们在茫然中辗转，在辗转中麻木，看不清变与不变之间的那道门槛。

就像是一道与生俱来的难题，奔波半生去寻找答案，当找到答案时才明白，岁月早已换了题目。或者，面对自己找到的答案，却发现那么不值得。那样的时候，会懊悔，认为如果一生都不能找到答案也是一种幸福，那是一种不被打破的幻想，一个不被惊醒的美梦。而此刻，幻想破灭，美梦惊醒，竟是蹉跎了半世的光阴，不知还有没有心情和精力去重新开始。而且即使重新开始了，也会怀疑，怀疑又是一次失望的找寻。

　　我见青山多妩媚，可青山总是负人，疲累至极到得青山近前，才看到许多裸露着的丑陋。而远处，依然层山叠水，妩媚成一种召唤，那么，可还真的有勇气重新启程？能在破碎了梦想后却依然相信梦想的人，是强大的，也是稀少的，我们其实都在咬牙坚持，想做其中一个。

　　失望会来得突然，变迁却起于微末。就算是每日里细细凝眸，每夜里静静反思，我们也难以捕捉到变迁的痕迹。仿佛无形的鱼悄然游过水域，心与目光都无法察觉，面前依然是似乎不变的流水。日子就是如此，不变中许多东西都如鱼般游走了，了无痕迹。当这许多的流逝累积到一定程度，忽然有一天，我们就醒了，感受到了沧桑。

　　在明晓了变化的那一刻，岁月便坍塌了一半。以前是每个日子都直直立起，一日顶着一日，托着我们向着更高处延伸，而那个刹那，我们却随着那些日子一起跌落。倒在时光的废墟里，倒在巨大的落差里，那些执着或麻木、无觉或希望、虚幻或真实，也都碎成一地尘埃。可是在失去了那些之后，在喟叹之后，我们忽然看见，在时光的碎片里，曾经以为失去的、以为改变的一切，都还在，正以原本的面目与我们对望。

　　有时候，的确是分不清，是我们辜负了那些，还是那些辜负了我们。只有在被剥离了欲望之后，在倾倒了支撑之后，面对依然如故的种种，才知道，它们没变，是我们辜负了它们。可是，我们也曾努力去珍惜过，是从哪一刻、在哪一个路口，开始辜负的呢？

就这样不停地考问着内心，终于在痛苦中明白，岁月确实在偷偷地篡改着，只是，它篡改的是我们的心。而且，这个过程，是那样地不知不觉却又心安理得。在心被开始篡改的那一刻，辜负也就开始了。

被岁月篡改的是我们的心，心变了，看一切，也就都变了。

我在怕什么？

　　有时候，会涌起莫名的恐惧。不像那种可以预知后果的恐惧，就是怕也怕得明白清楚。因为后果已经在那里了，只是怀着一颗害怕的心去靠近而已，不管愿不愿意，总是改变不了。伸头一刀，缩头也是一刀，于是那种恐惧也就在这种反复的折磨中麻木了，或者说是认命了。

　　而那种对未知的恐惧，却是不能预知后果的，所以那种恐惧一直伴随着，直到尘埃落定的那一天。即使是心一横对自己说，怕什么，不管怎样我都认了，也不过是一时的勇气。仿佛时间会把那种恐惧无限拉长，拴住一颗心使其日夜不安。

　　但对未知的恐惧往往也会来得快去得快，依然是上学的时候，有一次和宿舍的哥们儿就说起毕业以后的事，想着走上社会，面临残酷的竞争，就觉得不寒而栗。又进一步想到，以后父母年龄渐大，自己上有老下有小的时候，压力会怎样大。进而想到有一天，自己也会老去，便觉得有冷汗涌出。像这种恐惧，都是偶尔涌起来的，会很快就被生活淹没了。

可是，像我最开始说的，那种莫名的恐惧，却又是另一种状态。不是对未知的恐惧，就是莫名其妙地，忽然在某个时刻，受到什么触动，于是心也跟着悸动起来。或者再玄妙一点儿，比如我走进某处，忽然觉得这个地方有些熟悉，但以前绝没有来过，然后就会有一种淡淡的恐惧，却又辨不明这种恐惧具体来自什么。

就像很多人都坚信世界上没有鬼神，白天的时候，当着面讲最恐怖的鬼故事，也不会觉得害怕。可是到了夜里呢？再有人在耳边讲鬼故事呢？即使依然坚信世上没有鬼神，可是，那种恐惧却依然会不约自来。或者，在平时的某些瞬间，毫无来由地忽然就毛骨悚然。这是为什么呢？似乎那种恐惧是与生俱来的。而人们总说"举头三尺有神明"，说"人在做，天在看"，等等，这也是心存一种恐惧，可这种恐惧已经升华为一种敬畏，与鬼神存不存在已经没有了关系。人有敬畏之心，处世才有方圆，做人才有底线。

总是在某个时刻，会回望来路，却发现，虽然走过那么多的岁月，经历那么多的事，有过那么多变迁，而此刻，我却用一秒钟就想完了这半生。不禁有些惊惧，似乎这长长的半生没有留下一个脚印，又似乎是自己所有的足迹把时光践踏得一片荒芜和荒凉。是不是这一生都会如此迅疾而无奈？

也许，每个人的生命中，那种最长久的恐惧，就是害怕有一天父母会老去，害怕有一天父母会和我们永远地告别。这种最深的恐惧，也是最深的爱与牵挂。

别来无恙

　　很多年前，在看书或者看影视剧的时候，凡是遇见久别重逢或者不期而遇的情节，当主人公微笑着说"别来无恙"时，眼睛和心便总会濡湿。多年以后，当也历经了太多的悲欢离合之后，再看见那样的情节，心中更是会有一种带着沧桑的柔软。

　　如果撕心裂肺的别离，能换来多年后的微笑重逢，那么中间太多的日夜风雨，太多的痛苦悲伤，太多被月光钓出的泪水，太多被无眠洗白的头发，都是值得的吧？相对的那一刻，云淡风轻的背后有着多少不为人知的刻骨铭心，也都化作一朵微笑，一种心情，一句别来无恙。那个瞬间，真的没有比这四个字能蕴含更多的词了。

　　即使是在怨怼中迷失彼此，即使是在伤痛里走远，如果有重逢，也会卸落曾经所有的琐碎，余下的，只是风清月明。中间横亘着的那些岁月，会成为一道温柔的桥梁，如初见时的美好。原来风尘漫漫，我们一直都在，相逢一笑，身后的夜纷纷凋落，眼前的花依依盛开。

即使是在无奈中走散，即使是在不舍里背道而驰，如果有那么一天相遇，就像一缕风遇见一朵花，那一种芬芳，会融化所有的世事风霜。原来你也在这里，如最初的邂逅。会觉得，所有的等待都是值得，所有的跋涉都是为了走到彼此面前。

想象着，某年某月的某一天，某个城市的某个地方，一声轻唤叫醒往事，一次回眸点亮阴暗，细细的雨柔柔地洒落着，时光的河盈盈地流淌着，生动着旧日的种种，那该是怎样的一种心情和心境。泪光的交映中，别来无恙，一别以来，愿你无恙，而我的苍凉，此刻都会暖在你的笑颜中。

虽然我知道，并不是所有的离散都会有重逢，悲莫悲兮，生别离，可是心底不能没有那样的一个梦。而且我一直相信，如果心中有着一个共同的方向，那么不管多久多远，就终会遇见。奔走过那么多的尘世繁芜，跋涉过那么多的水远山长，原来彼此一直都走在通往此处的路上。山川依旧，情怀如初。

可是别来的岁月，彼此经历了什么，只有自己的心知道。也许三个月，也许三年，也许三十年，会淡了伤痛，浅了依恋，可能更会麻木了感受，只是，心底最重要的东西，不会浅淡，不会麻木，不会被时光埋没。就像一颗种子，不会被泥土埋没，只需一点儿水，就会破土而出。那么就呵护心底的那一颗种子吧，不要让它干枯，总有一天，会生长成一次重逢。那么，别来的种种，苦乐悲喜，都可以是互诉契阔的笑谈，都可以成为共同回望的美好。

原来等待可以成为长长来路上苍苍横着的翠微，可以成为山顶那轮初圆的月，可以成为微笑间的流风流云。把离别当成等候，当成走向重逢的动力，也许痛就会淡些，希望就会葱茏些。

这世间除了死亡，并没有什么真正的诀别，所有存在的可能都是希望的来处。山河岁月尚且依然，相别的人们也定会无恙。我真的相信，只要心在，就会殊途同归。

那么，就等着重逢的时刻，或许是转身的刹那，或许是岁月的尽头。然后，微笑着，说一句：

别来，无恙。

别来无恙。

凝望一棵树

开始的时候，我并没有注意到那棵树，直到有一天，我倚在窗前，看云，从这个角度看过去，一朵云就像挂在它的枝上。于是云走了，眼睛里只剩下了树。

那是一棵李子树，并不高大，却枝丫纵横，很繁茂。以前也曾短暂地为它把目光停留，那是在夏初，它开花的时候。从它旁边路过，那一树花朵撞在晚风上的声音，便羁绊住了我的脚步。很密集的白花，有的成团成簇，细细的长蕊顶着点点金黄，在斜阳里微微颤抖成一幅很静美的画面。后来，花渐稀直到消失，而那一树青青的叶子，就再也牵挽不住路人的目光。

从我的窗口到它，是一段刚刚好的距离。没有很近的逼仄感，又没有很远的朦胧感，它以一个恰到好处的身姿走进我的眼睛。我也曾很近很近地看过它，当局部放大成整个视野，一些所不愿意见到的，便成了主角，比如果实上的那些虫子。这是一棵被人们抛弃的树，即使在果实成熟的时候，也不能吸引人们的注意力。

也许人们知道那是虫子的世界，所以都避而远之，或者视而不见。

忽然想起，爷爷就喜欢很近地看树。那棵高大古老的杨树，站在我家的田畔，爷爷在田地里干活儿累了，就走进它的阴凉。爷爷和别人不一样，他面对着树坐下，坐得很近。头顶茂密的枝叶抓住路过的风，爷爷就用草帽接住从枝叶间落下来的丝丝缕缕的风，再挥扬到满脸的汗水上。然后他卷一支很粗的旱烟，点燃，便在烟雾缭绕中，看那树干。

我也曾蹲在爷爷身边，顺着他的目光去看树干。树干上的树皮已经干裂，并不平整，条条沟壑，像爷爷脸上的皱纹，也像大地上的田垄。偶尔一只蚂蚁悠悠地爬上来，翻山越岭般转了一圈，又回到地面。除此，我再没看出什么。而爷爷似乎看得很入神，就像看到了树干里的那些年轮，看到年轮里轮回着的不知几多的岁月。

而我看那棵李子树，却是闲时无心无意。我并看不出什么境界来，只觉得那一簇绿色，是可以放牧目光的草原。有时捡拾到从密叶间坠落的啼鸣，才知道里面藏着一只鸟。或者风从它身体里挤过来，或者云从它头顶上爬过去，才会有着片刻的灵动和生动。除此之外，是无边无际的寂静和寂寞。窗外的树，窗内的我，都是如此。

可是我并没有觉得李子树是我的一种相伴，目光离开了，心也就离开了，它从来都是可有可无的存在。或许只是我的一种习惯，累了倦了，倚在窗前，恰好它也在，仅此而已。

田边的那棵老杨树，终于被村人砍倒了。爷爷便再也不去那里坐着歇息纳凉，而是与别的老人坐在一起，抽烟，说一些村庄里古老的话题。我倒是跑到老杨树那里去看了几次，只余很粗的树根，一圈圈的年轮，每次数的数目都不一样。一直以为树虽然古老，却依然比爷爷年轻，因为树还可以活很多很多年。只是，它已经死了。少了一棵树和爷爷的田畔，仿佛天地都空旷了好多。那个时候，我没有注意爷爷的眼中有没有失落，只知道，爷爷再也不去那样地看别的树了。

可我的心里却是有着失落的，当小区的空地重新规划后，当那棵李子树被砍倒之后。本来觉得可有可无的一棵树，在我倚窗而望的时候，目光却失去了依托。也许只有我还记得它，这棵本被人们抛弃的树，再过些时日，如果我对别人说这里曾有过一棵树，他们可能会很惊讶。

然后明白，当我的目光在它的枝叶间穿插的时候，其实，心也是在那里的。并不全是习惯使然，习惯只会有着短暂的不适应，却不会有着这种长久的怀念。倚窗而望，那个方向，那个距离，空空阔阔，路过的风有时也会盘旋一下，似乎也在寻找。就像我的目光，我的心情，也会在那里停留，流连，想念。

原来，曾经的李子树，确实是我的一种相伴。在寂寞的时候，在无言的相对间，各自神飞。

我欠少年一个冬天

屋里的炉火正旺，太阳刚刚把窗玻璃上的霜花擦去，我便开始武装自己。棉裤、棉袄、棉鞋都已穿好，两只厚大的棉手套被一根鞋带连接着挂在脖子上，一根杯口粗的木棍倚在门边。想了想，我还是翻找出弹弓，虽然冬天不适合使用它，因为弹弓的皮筋是用自行车的内胎做成，寒冷的天气拉抻容易出现裂口断掉。一时找不到弹丸，泥丸是夏天的东西，最后我还是把心爱的玻璃弹珠揣进了口袋。

那是多遥远的冬天了，十三岁的我似乎每一天都充满了期待，期待着一种简单的欣喜与快乐。就像三十多年前的那个上午，我精心地准备着自己的装备，要去奔赴一场和冬天有关的冒险。

当外面的呼叫声穿透零下二十多度的寒冷传进屋里，我一跃而起，抓起炕上的棉帽子扣在头上，出门前抄起木棍。一出门腊月的风就灌了满嘴，赶紧戴上棉手套，西边的墙头上，两个孩子正在等待，也都是全副武装。邻家的孩子还带着他家的黑狗，我们呼啸着跑到村西，一夜的雪，使得大地白茫茫一片，连河流都看不见了。

三个少年一条狗，站在那里一时有些茫然。昨天下午的时候，我和邻家男孩在这一带发现了一行奇怪的脚印，最后断定是狼的足迹。我俩沿着脚印走了一会儿，由于没有带武器，加上天黑得早，便匆匆跑了回来，并约定今天早早地来。可是没有想到一夜的雪，抹平了所有的痕迹。后来我们便想到狗的嗅觉灵敏，便想着让黑狗带路，可是黑狗傻乎乎地不听命令，就是在身前身后转，最后被我们踢了几脚之后，夹着尾巴回村里了。

后来我们好几次都去那里细看，却再也没能发现那行奇怪的脚印。直到春暖雪融，便想着等冬天再来的时候，一定要去打狼。然后我便没有等到冬天，然后故乡就遥远，我欠了那个小小的少年一个关于冒险的冬天。

怏怏地回到家，狼没打成，刀枪入库，坐在火炉旁烤手。看着从炉盖的缝隙中漾出来的火光，便去仓房抓了一把黄豆，把它们放在炉盖上，看着它们慢慢地迸开外面的皮，看着它们慢慢地变大，等熟了，不顾烫地捏起，放在嘴里细细地嚼。姐姐们裹着一身寒风回来，也都围拢过来，一把黄豆很快被我们消灭。于是姐姐们便把几个土豆削了皮，切成薄薄的片，放在炉盖上烙。我们不停地给土豆片翻着身，很快淡香弥漫，小猫也从炕头跳下来，在我们脚下抬头张望。

便想起前几天的晚上，我们全家在炉火旁包饺子，这个过程中，父亲便一直给我们几个讲故事。父亲在一个工程队当会计，长年在外奔波，只有快过年的时候才回家。他的故事很多很新奇，而且都是一些鬼怪吓人的，但是情节很精彩，比西院的老奶奶讲的那些生动多了。窗外大雪飘飞，屋里炉火如春，我们听得既害怕又渴望，灯光把我们的影子投在墙上，摇摇晃晃，也能引发心底的恐惧。夜深的时候，饺子包完了，已经拿到外边冻上，父亲的故事也讲完了，我们却意犹未尽，便让父亲再讲一个，父亲说还有更好的，等以后再给我们讲。

以后的日子离年越来越近，我们被很多过年的事物吸引着，便忘了让父亲讲那个更好的故事。直到过了年，父亲再次离开，我们才想起，不过没关系，等再过年时，让父亲给我们好好地讲。可是再过年时，已不在大平原上的小村，没有了炉火，也没有了故事。我欠曾经的小小少年一个关于炉火和故事的冬天。

天气晴好的日子，无雪，风小，虽然晴朗的寒冷也是侵人肌骨，却阻挡不住我们的快乐。村西有一带大坝，把小河拦截成一个水库，我们早已把上面的积雪清理，露出一大片平整光滑的冰面。我们都带着自制的滑冰鞋和小爬犁，滑冰鞋就是两块比鞋大些的小木板，在上面镶上两根粗铁丝，使其可以在冰面上飞快地滑行。我们把滑冰鞋紧紧地绑在鞋上，在冰上互相追逐，即使滑倒，也会把笑声抛洒出去。

滑得累了，便卸下滑冰鞋，盘腿坐在小爬犁上，用两根尖尖的铁钎子在冰面上一撑，爬犁就带着我们滑了出去。这样玩着的时候，总有一个比我们小的孩子站在边上看着，他什么也没有，每次都是眼巴巴地看我们玩，或者自己在冰上小心地走。他家是村里最贫困的，虽然那个时候每一家都不富裕，可是他家却更艰难一些，也没人愿意和他一起玩。

我推过他一次。有一个下午，我们一群人依然在水库的冰面上玩，我绑着滑冰鞋正和别人比赛。忽然看见他站在我的爬犁旁边，呆呆地看着，甚至还蹲下身拿起铁钎抚摸。我大怒，滑到岸边，问："谁让你动我的东西？你想偷东西？"他冻得通红的脸更红了，赶紧放下铁钎，嗫嚅着想要说什么，我能看出他的渴望，他也想玩爬犁。如果我给他玩，伙伴们就会嘲笑我。于是我就用力推他一下，他一下子跌倒在冰面上，滑出去很远。大家都笑，我心里却忽然有些难过。他爬起来，对我说："你爸让我告诉你回家，你家来亲戚了！"

　　后来越想越觉得自己不该推他，便想着再去的时候，如果他在，我就把爬犁借给他玩。可是后来就经常下雪，我们便不去滑冰了，我依然想着等冬天再来，就一定让他玩我的爬犁。即使我家搬走之前，我还想把爬犁送给他，可是却一直没有见到他。我心里弥漫着疼痛和悔意，我最终欠了自己一个无法弥补的冬天，也欠了那个更小的少年一个道歉和一个属于他的快乐的冬天。

　　依然是那个冬天，爷爷从六里外的叔叔家来我家过年。过年前的半个月里，我家就热闹起来。许多人都拿着裁好的红纸，到我家，让爸爸写对联。今年爷爷在这里，便欣然提笔，接替了爸爸的工作。爷爷的毛笔字写得好，对联也是不假思索，虽然都是一些吉祥如意的老词，却看得我们很是羡慕。我也有了兴趣，于是爷爷就教我练毛笔字，在墨香与炉火的温暖里，我消磨了好些个日子。

　　过了年，爷爷回去的时候，告诉我，要好好练习，说今年过年还来，那些对联都让我来写。我既兴奋又担心，问："可是我不知道写什么。"爷爷说："我想词，你只管写。"于是我继续练习着，直到搬家了，才放下笔墨。然后，就是完全陌生的际遇，可是依然有希望，想着爷爷今年来城里过年，我们依然写对联，哪怕是只给自己家写。可是过年的时候，爷爷没来，爷爷病了。过了在城里第一个寂寥的年后，又一个春末夏初，爷爷就去世了。我知道，那个和爷爷一起写对联的梦，再也无法实现了，在我的生命里，永远欠着曾经的少年一个团圆而红火的冬天。

离开故乡前的那个冬天，似乎是注定一般，有着许多遗憾，还等着下一个冬天——弥补。从没有哪个冬天，像那个冬天一样，心底丛生着那么多的希望。以为一切都可以在明年的冬天圆满，谁知人生际遇无常，却都成了未完的梦。许多次，我在世事的风尘里，在旧日梦中，把那个冬天所有未完的情节继续下去。而在醒来时的清晨里，遗落在枕畔的，却是拾不起的思念。我真的欠自己一个冬天，生命就此有了缺口，于是，那些汹涌的乡情便不绝地流淌，流淌成一片海。

西风走过西山

我家有几垄玉米地在西山，西山并不是山，那只是村西地势较高的很大一片庄稼地。边缘是很陡的断层，下面就是小水库，南面是砖厂。地头是一条土路，被顽强的草和尘埃覆盖着通向邻村。

每到初秋，风的脚步便不知不觉地改换了方向，我们的脚步也更愿意在大地上追逐着西风的脚步了。因为这个时候，一些庄稼已经悄然向着成熟更近了一步，已然可以在鲜嫩中给我们一种等待中的惊喜。比如玉米正嫩且甜，剥开它层层的外衣，便露出颗颗的饱满来，用指甲一掐，琼浆飞溅。我们便兴奋地掰下玉米棒子，仿佛闻到了它们被烤熟后的浓香。

于是，西山上的那片玉米地，便成了我们掰玉米的去处，当然每一次，我都要避开自家的那几垄，并且不让伙伴们去掰。可即使如此，我家玉米地靠近路边的那一段，也是被掰去了不少。之所以选在西山，是因为掰了玉米就可以去下面的砖厂烤了。我们爬到高高的砖窑顶上，把那些圆圆的小铁盖揭开，可看见下面黑暗中的火光。拿出准备好的铁丝把玉米拴住，吊到砖窑里，只需等待十多分钟，就熟了。在这里烤的玉米极干净，金黄金黄且带着油光，不像在家里灶坑中烧熟的，黑乎乎地满是灰。

秋天的时候，母亲也总是来到西山，在那几垄玉米地里忙碌，其实此时田地里已经没有什么活儿可干了，只等着收获的时候到来。可母亲闲不住，她把一些早早就干了的小玉米棒子，或者天生未长成的，或者是掉落下来的，都收拾回去作为饲料。母亲在地里忙着的时候，我就在那条土路上转悠，拿着弹弓去射那些永远也射不到的鸟。或者到这片高地的边缘处，俯瞰小水库里静悠悠浮着的几只野鸭子。长长的西风从身后跑过来，在我身前就跌落进水库里，在水面留下一片凌乱的足迹。

当我回到自家的地头，母亲正从玉米地深处往这边走，我看不到她，却能听到她和庄稼挤挤插插的声音。这时从西边走过来两个人，一个看不出多大年龄的女人，不安分的风把她的头发撩拨得乱飞，她带着一个四五岁的小女孩，小女孩极瘦极黑。她们的衣服破破烂烂，女人背着一个旧口袋，我一看就知道是要饭的。那个时候，总会有一些要饭的走村串屯，更多的时候是讨要一碗米。

小女孩一瘸一拐地走着，边走边哭。终于女人停下来，她们坐在离我不远处，女人给女孩弄着腿。我看见，女孩的腿正淌着血，凭我的经验，我就知道那是被狗咬的。便猜想，她们肯定是在邻村乞讨时，被谁家凶猛的狗给咬了。女人只能慢慢地给女孩揉着，母亲从地里钻了出来，提着一土篮子被淘汰的玉米棒子。

顾不上擦把汗，母亲就走过去，简单地和那女人聊了几句，听口音，似乎应该是很遥远地方的人。

母亲在周围搜寻了一会儿，就采了一些我们称之为苦麻子的小植物。后来有人说苦麻子就是苣荬菜，苣荬菜是我们春夏常吃的野菜，而我们叫苦麻子的和它长得略像，但绝不是一种，苦麻子据说可以消炎消肿。母亲用带的水把小女孩的伤口清洗了一下，然后把那些苦麻子挤出乳白的汁来，涂抹在伤口周围。母亲拎起女人的旧口袋看了看，里面并没有多少米。她转身进了玉米地，掰了七八穗很嫩很饱满的玉米递给我，我很不情愿地接过来，跑向下面的砖厂。

我回来的时候，母亲还在和那个女人唠嗑，女人似乎哭过，此刻却在笑。母亲接过烤熟的玉米递给她们，她们不顾烫地大口啃着。吃完后，母亲把剩下的装进她们那条旧口袋。她们站起身来，女人向着我们村的方向看了一眼，犹豫了一下，对母亲说："俺们不再走了，回家去了，回去好好种地！"然后拉起小女孩的手往来路上走去，我跟着母亲往村里走。

她们走向西风来的地方，我们走向西风去的地方。回头望，我们和她们渐渐隔了一个西山，而西山的那些正在成熟的庄稼，都在西风的脚步中低低地笑着。

无　梦

以前不相信，后来才知道，这个世界上真的有从没做过梦的人。那时认识一个远房婶子，她就说自己从没做过梦，听别人讲昨晚做了什么什么梦，她都很好奇，然后是一脸不相信，很难理解一个人在睡觉的时候，怎么会出现那么多意想不到的情节。

后来看专业书上说，每个人都会做梦的，那些声称从没做过梦的人，只是醒来后就忘了而已。我想，忘了的梦，便永远不会想起，就当成一直没有吧。都说没有做过梦的人是不幸的，其实，那又何尝不是一种幸运呢？虽然少了美梦的那种回味，虽然少了噩梦醒来后的那种庆幸，却可以用深深的睡眠把梦覆盖。

其实再美的梦，我们也终会遗忘掉，和那些说没做过梦的人相比，只是一个时间长短的问题。夜是梦的土壤，那些生长出来的梦之花，有的人是走出黑夜，它们就在身后凋零，有的人则是要回望好久，才渐远渐无。

除了少数没做过梦的人，我们无梦的时候，不是沉睡，就是失眠。可能很少人能经常有那样沉睡的夜，很深很沉的睡眠，别说是梦，任何感知都没有，任闹铃响过三番五次，都难唤醒。而醒来后，世界扑面而来，却似和以往有了不同，而且神完气足，心情舒畅。以往忙碌了一天，各种琐碎的事塞满了脑袋，想着夜晚躲进睡眠里，却又被不请自来的梦折磨得无处可逃。所以，当有了那样一次无梦的沉睡，才会觉得状态不一样。这是对比来的，如果和我那远房婶子说这些，她依然会不理解，因为每一夜都无梦，便没有了忽然之间改变的幸福。倒是某一天如果她忽然做了个梦，而且记住了，也许会幸福得发晕吧！

而我们最常经历的无梦，就是失眠的时候了。或者伤心难过，或者愤怒失意，或者兴奋过度，又或者什么原因都没有，就是睡不着。睡意如夜里游着的鱼，越是想要抓住它，它就游得越快，人就越精神。于是睡意溜走了，梦的大门便也关闭了。

每个人都有过失眠的时候吧，每个人失眠时的感觉也各不一样。我觉得最难熬的失眠，就是明明很困，不用去抓睡意，睡意就已经把人包围，可是，却总不能把心拉进沉眠里，拉进梦里。所以，不仅要受心情的折磨，还要经受困的折磨。我多年前总有那样的时候，那样的夜很让人抓狂，有时候我会气得不停地用拳头砸墙。很困很困，哪怕睡着了，做最骇人的噩梦都行。

失眠的痛苦就在于此，想求一个噩梦都不可得。所以，无梦的状态，还是折磨人的时候更多。就像一个人一辈子没什么奔头，没什么心思，估计也会是一种折磨吧？

夜里可以无梦，生活中却不能无梦。

有的人一生无欲无求，这并不是无梦，这种淡泊的状态本身就是一种梦想。生活的无梦，是丧失了希望，迷失了前路，丢失了梦想，久而久之竟成为一种常态。于是自己可能并没有觉得这是一种折磨，其实这是一种麻木，麻木，才是最大的折磨。

生活中的美梦是我们自己去构建，可以选择；而噩梦，往往是生活强加于我们的，没有选择。生活中的噩梦也并非可以笼罩所有的日子，是梦就会醒来，也没有过不去的磨难。

生活不能总是遗忘，也不能总是沉睡，更不能经常失眠，所以，有梦，才是生活的常态，哪怕是噩梦。

或许，无梦也是一种境界，却非凡人所能及。所以，还是有梦吧，有着希望，有着回味，有着醒来后慨叹幸好是一场梦的幸运感，多好！

可曾眷恋？

　　眷恋，世间最动人的情感，眷眷地留恋，所有的美好心绪都找到了依托。每一个人都会有自己眷恋的所在，在这繁碌的世间，那便是一片只供心灵徜徉的乐土，也是无边无际的奔走中难得的憩息之地。

　　可是，许多人，都是在离开或者失去之后，才会眷恋。身处其中，却是茫然惘然，无知无觉，及至走过之后，回望，才会觉得有着当初没有感受到的美好，才会涌起怀念。所以更多的时候，我们的眷恋都是伴随着遗憾。时间久了，遗憾淡去，只留下最真诚的想念。可是不管怎样，只要心中还有眷恋的人，就没有在世事的风尘中完全麻木。

　　一次在朋友聚会中，有人介绍一个女子，一看之下，居然很有些面熟。忽然想起，她曾经在公交车上当过售票员。那时候，还是那种非投币的很小的公交车，每天，那些售票员都很辛苦地在车上拥挤着，其中就有她的身影。提起往事，问她那时是不是很累很烦，她却说，觉得那时特别充实，每天看着人来人往，或者看车窗外熟悉得不能再熟悉的街景，心里却是满满的欢欣。最后她还说，那些都与累不累、挣钱多少无关。

也许，她的眷恋，更比我多了一丝无悔，少了一丝遗憾。想想我们自己，在身处某些境遇中时，可曾眷恋？我们更多的心情，却是烦恼、厌倦、疲惫、麻木，还有随波逐流，只是等着离开，或者是等着岁月把这一切变成美好的回忆。

所眷恋的在别人眼中不一定是美好的。有人会对故地的一棵柳树悠然神飞，有人会对山谷中一株未名的花念念不忘，也有人会对一段黯淡的际遇而时时心动，那都是属于自己的心绪，所眷所恋着的，只要曾经生长过刻骨铭心的故事，只要曾经留下过真实的感动，只要曾经走进过我们的眼中心底，那么，那就是我们心中的胜境，就是最美好的生活。

是啊，那么多的时候，我们都是在抱怨，抱怨自己的处境，抱怨自己的生活，似乎没有可以怡然的种种，哪能生起眷恋之心？然而就是这样的生活，却往往成为多年后时常梦回的记忆。那么缺少的，可能只是一颗感动的心，不管怎样的际遇，总会有让我们感动的点滴片段，如暗夜之星，闪烁着无尽的希望。

所眷恋的也不一定是我们心中所热爱的。轰轰烈烈的梦想中的生活，固然会让我们豪情万丈，可是更多的人，也许终其一生也不会过上梦想中的生活，所遭遇的，都是不被预料的种种。就像当年的我一样，从大学校园走出，也曾踌躇满志，却是一再地跌落。后来在电厂里开始无休止地倒班，黑夜和白昼交替着我的生活，每次上班，或清晨，或傍晚，或深夜，走在路上，心中都有着无奈与无力。这样的生活，会让我心生眷恋吗？

忽然想起，那个当过公交车售票员的女子，曾经说过一句话："我不热爱那份工作，可是我喜欢那份工作伴随过的生活。"或许，我们常常混淆了生活与工作的概念，所以，觉得身畔没有可恋之事。其实，工作也只是生活的极小一部分，生活的广阔，总会有让我们流连之处。多年以后，我早已不在电厂里倒班，可是果然，心中竟生眷恋，非是为那份工作，而是为那段时光，那段生活。

所眷恋的也不一定非要长久拥有。有一个朋友，从小就痴迷于下象棋，也表现出了过人的天分。少年时有幸被明师看中，进了省棋院，成为专业棋手，她付出了那么多年的努力和汗水，也赢得了许多的荣誉。可是，正当别人都看好她，期望她创造更大的辉煌时，她却突然宣布退役，再也不会参加各种比赛。她说："我宁愿在以后一直一直地想念，也不要在日复一日的训练与比赛中，消磨掉那种热爱。"

也许，对于所钟爱的事物，戛然而止，却是更长久的眷恋。

你可曾眷恋，对正在身畔消逝着的生活？

所以，我们眷恋，眷恋着过去，也眷恋着现在。而当无数个现在成为过去，两种眷恋的叠加，就是生命中最怡然的回味。珍惜眼前当下，就是最美的眷恋。